岛屿独白

蒋勋

长江出版传媒
长江文艺出版社

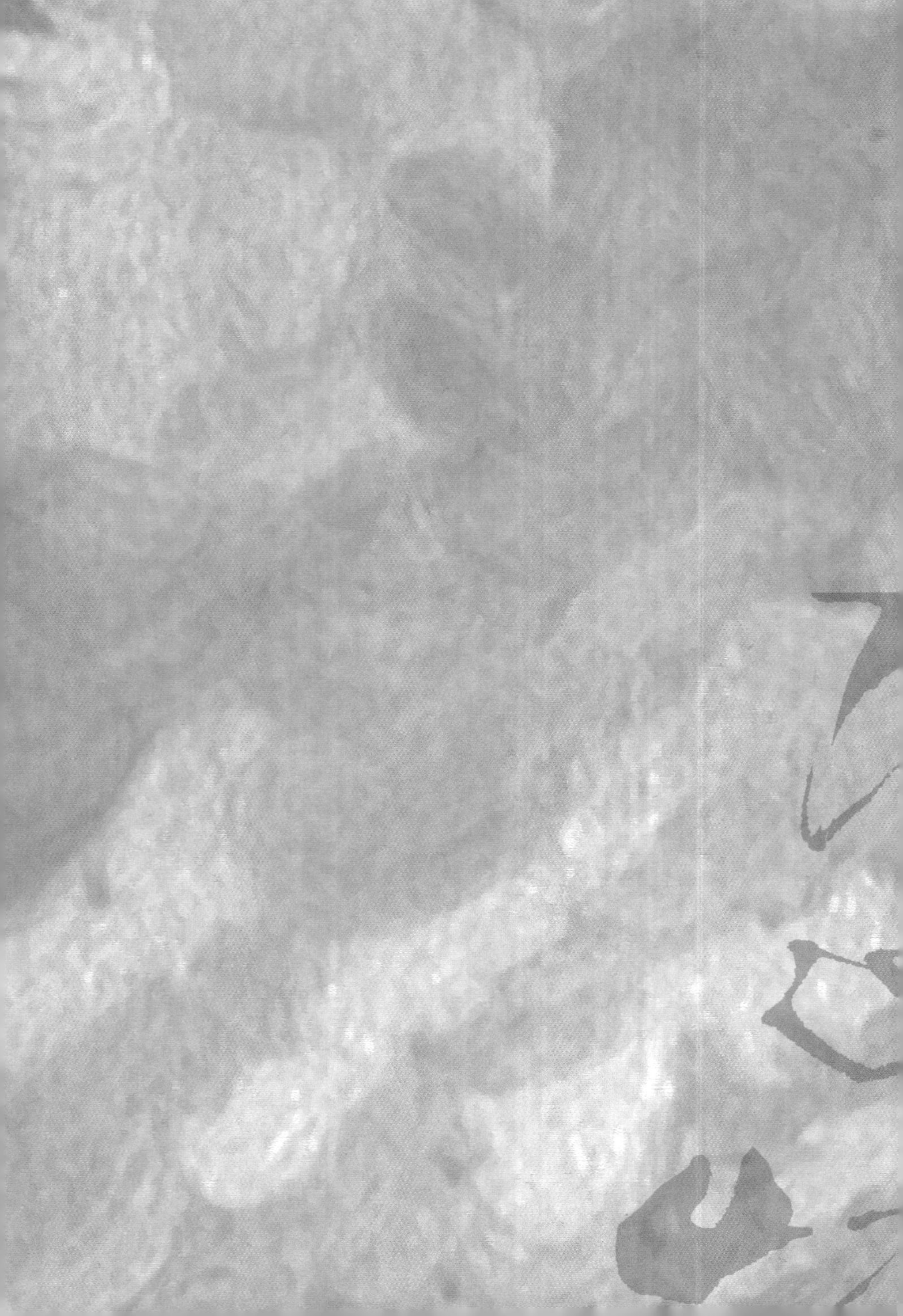

赠怀民

纪念我们热爱的岛屿

岛屿
独白

目　　录

岛屿
独白

岛屿独白　序

《岛屿独白》原来是陆续发表在报纸副刊上的专栏，一个星期一篇，整整写了一年。

有点像小说，有点像散文，但大部分时候，我好像是在用写诗的心情。

我称它为“独白”，是因为并不意图它可以变成一种“对话”。

也许是因为这一年特别厌烦对话吧。

太多的“对话”，使整个岛屿流失着最纯粹的人的独白。

我想找回一点点独白的可能。

我在岛屿四处游走，有时候在芒草飞扬的中北部的山丘，有时在东部的海隅，因为阳光的关系，我更常流浪到岛屿的南端，在巨船出入的港湾，看繁华的城市入夜。

独白从一九九五年的五月开始，到一九九六年的五月结束。

季节可能是这一系列独白中很重要的线索。我在岛屿上观看着日出日落，潮来潮去，花开花落，观看着星辰的移转，观看着生命的来去和变灭。

有一个叫伊卡的男子，和他时而出现、时而消失的狗，可能是独白的主人。但是独白并不意图被阅读，所以，主人或陌生的过客，也并没有太多差异。

我尝试在岛屿上建立一种独白的革命，拒绝沟通，拒绝妥协与和解。

独白也可能连心事都不是。它只是迷恋于一种现象的叙事。

它是幻象，或是真实；是祝福，或是诅咒；是爱恋，还是仇恨；都并不重要。

如果独白可以真正独立成为一种存在，不被解读，不被猜测，不被当作任何形式的暗示或主张。

我喜欢自己的独白成为不可解的诗句。很像庙宇里留待彷徨者偶然选的一支命运的谶句，我们阅读、解释、猜测，其实都只是在探索窥伺命运本身，与解读无关。

诗句其实是非常无辜的，它注定了被解读的命运。

如果，有一种独白，可以不被解读，岛屿将可能更像一座岛屿吗？

我想在岛屿上进行一种解读的屠杀，在阅读沦落成为庸俗的知识之前，肢解和断裂自己，避免被解读的悲惨下场。

因此，《岛屿独白》是使人逃亡的书吧。使死囚者忽然拥抱起执刑的枪手，使捕猎的网罟一刹那间释放了所有猎人的喜悦，使妩媚女子的新乳成为城市“领袖”耽饮的剧毒的液体……

是的，从思维逃亡，从逻辑逃亡，从一切顺理成章的规矩与制度中逃亡。

独白将是岛屿唯一的救赎。

在一个不可知的岛屿角落，与自己逃亡的独白相遇，十分孤独，也十分骄傲。

这是写给孤独者的书。

一九九六年十二月十三日于八里

二〇一五年
二月六日

独白

我竟然写了这本书，在十九年前。那时的我还残留的热情或许也都熄灭了。二〇一五年刚过立春，我重读这一卷手札，觉得好像是在读一个死去的孤独者的日记。我走到清迈山边的悟孟寺，看树叶无风自落，看老年的狗目光涣散，生命逐渐进入失忆，大脑白化的区域扩张，让藏在深深沟纹里的事件一一清除，像记忆体清除档案。

你害怕失忆吗？你曾经经验的爱或者恨，你曾经经验的痛或者痒，你曾经经验的荣宠或耻辱，你曾经经验的拥抱或失落，你曾经有过的哭或者笑——每一个经验储存成一个档案，藏在大脑的沟纹里，偶然释放能量，你就不自觉落泪或发出哈哈的声音。

然而档案要清除了，孤独者像最后押赴行刑的死囚，看着枪手，蒙上眼罩，然后一片空白。

失忆这么美好？死亡也不例外？

那个身体曾经被节节肢解，没有嗔恨，所以那个身体是失忆的身体吗？无我相，无人相。我们只是在失忆里慢慢习惯“这不是我”的状态，看着自己的肉身肢解，听着痛苦的呼号，闻到血的腥味，然而“无我相”“无人相”。“佛”只是人的否定（弗去）吗？所以是一个合成的字，本来并不存在，是“人”而逐渐失去了“人”，弗去，弗去，像是我失忆最后的一道咒语，档案可以完全清理干净了，像纯粹的空白。

在一个可敬的朋友出走之后，我刻意训练自己降暗视觉的光度。

独白

我坐在窗前，等待天光暗下来。我想，随着光的逐渐降暗，我的视觉也便要逐渐丧失辨认的能力了。但是，似乎这样的想法并不正确。视觉中有更多的部分与心事有关。可能是记忆、期待、渴望、恐惧这些东西吧。

如果能够去体验天生盲人的视觉，或许可以真正分辨“视觉”与“视觉记忆”之间的差别。但是，我已无能为力了。我闭起眼睛之后，我的“视觉”被众多的心事充满。仿佛如潮汐的泪水，逐渐沁渗在每一片极度黑暗的球体的边缘。这是一种视觉吗？或者，仅仅是我视觉的沮丧。

我的眼前，花不可辨认了，路不可辨认了，山，也不可辨认了。然而，我知道，那不只是因为光线降暗的缘故。是我坐在窗前，等待每一样事物逐一消逝的心境；花的萎败，路被风沙掩埋，山的倾颓崩解。在近于海洋的啸叫中，我们凝视着那一一崩塌毁灭的城市、帝国、伟人的纪念像……

在一个可敬的朋友出走之后，我刻意训练自己降暗视觉的光度。我想用晦暗的光看我居住的城市，仿佛在冥修中看见诸多幻影。（一般人都以为那如同魑魅魍魉，其实不然，幻影也可以是非常华美的）幻影之于现实，并没有很清楚的差异。我们大都必然陷入幻影之中。是因为它几乎就是一种现实。嗜食毒品者在幻影中感觉着一种真实；嗜杀者在杀戮中感觉着一种真实；啃夺权力者在胜利中感觉着一种真实；嗜欲爱者在欲爱的幻影中感觉着一种真实。

为什么我要说那是“幻影”？毒瘾中沁入骨髓的快感，嗜杀中屠灭生命的快感，权力的争夺，财富的占有，爱欲的生死纠缠，在我居住的城市，即使我调暗了视觉的光度，我依然看到这诸多的现实，如此真实，历历在目，对我的“幻影”说嗤之以鼻。

报刊上今天以小小的一个角落登载了你出走的消息。我因此独自坐在窗前，静听着黄昏潮汐在每一片沙地中的沁渗。有一种嗦嗦的声音，很轻很轻地渗透在沙与沙的空隙，好像要使每一个空虚的沙隙缝都涌进充满入夜前暗黑的流水。

沙隙间暗黑的水流，可能是一种独白，一种失去了对话功能的独白。（但不要误会，绝不是丧失了思维的喃喃呓语）独白，也许是真正更纯粹的思维。在一整个城市要求着“对话”的同时，我猜测，你的出走，竟是为了保有最后独白的权力吗？

在某一个意义上，一个真正的作家（诗人、写小说者）是没有读者的。一个绘画者、一个演员、一个舞者，可以没有观众。一个歌手、一个奏演乐器者，可以没有听众。

我看到一个老年的舞者，在舞台上拿起椅子，旋转、移动、凝视。他在和观众对话吗？不，他只是在舞蹈中独白。

在修行的冥想中，诸多的幻影来来去去，盘膝端坐着，在闭目凝神中一一断绝了与人对话的杂念。

每一柱水中倒映的灯光，都是一种独白。它们如此真实，水中之花，镜中之月，指证它们是“幻影”，也许只是我们对现实的心虚吧。

如果你是水中之花，你大约会从水中抬头仰视那岸上的真相；如果你是镜中之月，你也会从明镜煌煌的亮光中抬头仰望那天空中一样煌煌的明月，发出啧啧的赞叹吧。

那么，你的出走，究竟是一种真相，还是一种幻影？或者说，你代替我出走了。

我留在现实之中，你替代我出走到幻影的世界。当你笑吟吟从水面向上仰视的时刻，我必须微笑着告诉你岸上的一切，包括阳光的灿烂，风声，以及我在风声中的轻轻摇曳。

据说，记忆中所有前世的种种，都只是今生的独白，因此，宿命中我必然坐在此时的窗前，等待天光降暗、降暗。

二〇一五年
二月八日

独白

好奇怪，忽然想起十九年前那个老年的舞者。他叫摩斯·肯宁汉（Merce Cunningham）吗？那年他有七十多岁了吗？应该是“国家剧院”，年轻舞者都表演完了，观众以为结束了，可以走到爱国东路上，坐“捷运”回家睡觉。然而在掌声之后，他走出舞台，沉默看着舞台中央一把椅子。单手提起椅子，旋转。手和椅子旋转，身体也旋转。椅子慢慢仿佛长在他身上，好像他老年肢体的一部分，沉重，向下坠落，但也有努力向上对抗坠落的意志。他不断旋转，有时快，有时慢，像云在风里没有坚持的速度。那是我看到的最后的摩斯·肯宁汉，好优雅的老年舞者，好安静的一把椅子，在上个世纪末喧嚣着各种表演的舞台，我在失忆中却留着这么清晰的一个画面。那个要出走到缅甸寺庙去的孤独者还是回来了，我想他忘不掉他眷爱的肉体，像我一样。

歌者

一个歌者的猝死，忽然使整个城市哀伤了起来。

天玉是战争中幸存的老兵。在战争已经结束了五十年之久以后，天玉对战争的叙述变得十分不实在。他每每喜欢蹲在小镇车站附近的大榕树下，娓娓道来战争中的种种。“炮声像夏天午后的急雨——”他常常这样形容。但是，当有共同经验的老人陆续从车站大榕树下的空地消失之后，天玉一再重复的战争记忆也逐渐失去了听众。

“何日君再来——”

当那歌者的声音从车站的广播器中悠扬响起，天玉从两胯之间抬起低垂的头，他摩挲着自己花白的头发，一脸皱纹地看着那圆圆的喇叭。

有一种女子的声音很像妓女，使人性欲亢奋。天玉看着一只也望着喇叭垂涎的黑狗，心里想：为什么这个女子的声音使他想起了战争中的情人和母亲。

黑狗忽然从匍匐的姿态站立起来，并且竖直了耳朵，目不转睛地望着圆圆的广播器。

“狗在专注的时候看起来是特别忧伤的。”天玉想起战争中一个被传言嗜吃狗肉的排副常常这样说。

“他害怕狗的忧伤的表情！”当天玉这样叙述给车站边一个卖摇摇冰的少女阿红听时，阿红嘿嘿地笑着；她想起小镇上的每一个人都一面吃着她的摇摇冰，一面悄悄告诉她：“你看，那个猶仔天玉在玩弄自己的生殖器——”

那只黑狗忽然对着扩音器低低地呜呜叫了起来，好像渴望着被爱抚或安慰的声音。

天玉则继续奇怪着为什么那歌者的声音使他想起了战争中的情人和母亲。

“至于杀狗的排副——”天玉越来越觉得他的脸实在长得与狗非常相似。他在每一次冲进一个村庄的时候，就端着枪，逡巡每一个可以藏匿狗的角落。

他在空无一人的街道上追杀一只亡命的黑狗。

排副猎杀狗的敏捷简直像头豹子。他一步窜上前去，伸出大手，一把揪住狗的咽喉，狗才刚刚发出哽咽的凄厉的哀鸣，颈骨已经被排副扭断了。

排副呆呆地望着瘫在地上的一堆不成形的狗的尸体。

大部分在战争年代的狗，因为缺乏固定的食物，都十分瘠瘦。（除了那些有机会吃到死尸的）战争也可能使狗残跛或长出难看的癞皮。“还有——”排副说，“最可怕的是战争中狗的忧伤的表情。它们好像比人更知道被屠灭的命运。”

因此，排副每猎杀一只狗后，他一定煮一锅水，细细地把皮毛都烫掉。当一只狗把皮毛刮干净之后，它们就恢复了一种婴儿似的洁白；它们通常挤在眉眼之间那特别忧伤的皱褶也都消失了。

“排副并不吃狗，真的——”天玉很努力地向少女阿红解释，“那只是憎恶他杀狗的人恶意的传言。”

“那么他杀狗干什么？”少女阿红仍然嘿嘿地笑着。

天玉忽然听到那扩音器中歌者的声音里有一种低低的狗般的哭声。

战争仿佛在这个城市中流传了很久。当经济上加工业逐渐形成之后，许多原来的小镇都陆续被合并为“城市”。小小的只有一名售票员的车站因为新式观光冷气的列车不再停靠而荒废了。圆圆的扩音用的喇叭在某一次台风来临之后被吹断，只剩一根电线，在空中悬吊着。

在极度忧郁沮丧之后，天玉和空地上的黑狗都忽然消逝了。连少女阿红在内，没有任何人关心到他们的消逝。

“何日君再来——”然而，歌者的声音一直在城市中蔓延，没有人知道，那是战争在另一个世代新的谋杀计划，计划的初步实现便是歌者的猝死。情人和母亲的声音将要随着歌者的猝死一并列入计划之中被永远埋葬了。

独白

二〇一五年
二月八日

我的记忆里还有那个叫天玉的士官长吗？河南乡音很重，我和他都住在一个军校的校史馆楼上。校史馆陈列的都是烈士的雕像，活着的人只有我和天玉。我是服役的少尉军官，他是士官长，他也负责替我倒茶，清扫我的房间。我有一天说：“天玉，被子我自己叠，帐子我自己挂。”他怔怔地看着我，仿佛受到训斥。我解释说：“我可以自己做这些事。”

他后来不替我叠被子了，每天早上放一玻璃瓶的羊奶在我床头。我又说：“天玉，那羊奶多少钱，我每个月付。”天玉忽然哭了，他像孩子一样哽咽：“少尉，那是我自己养的羊啊。”

我忽然笑起来，在一个老兵脸上看到受委屈的孩子的表情。天玉有一天告诉我，他的名字不是他的。“怎么可能？”我紧张起来。天玉笑着说：“少尉，你别大惊小怪。打仗的时候，兵抓来抓去，我在乡下种田，被抓了，连长说：‘那个天玉逃了，你就是天玉，补他的缺，领他的饷，吃他的口粮。’”天玉憨憨地笑，他说：“我就是天玉了。”

退伍之后，我没有再跟天玉联络，十九年前军队里还有许多像天玉一样的老兵，用别人的名字活着。

天玉很爱听邓丽君的歌，那声音曾经在孤独岁月中给他莫大的安慰与温暖吧。我记得他爱恋凤山镇上一个妓女，常带酒菜去看她。喝了酒，晚上回校史馆，就会听到他用很嗲的嗓音唱《花好月圆》。

邓丽君在清迈逝世，我想起天玉，我想他一定很伤心吧。

每次经过清迈也都还会在歌者逝去的旅馆前徘徊，想起服役时的朋友天玉。

至 于 流 浪 狗 终 于 占 据 了 这 个 城 市 ，
则 是 在 进 入 二 十 一 世 纪 之 后 的 事 了 。

狗

“城市将逐渐被流浪狗占据了。”

街头上开始有这样的传言时，大家都有一点惊慌。

伊卡下班回到家的时候，有一只刚生产的母狗对着他吠叫。伊卡愣了一下，他想：“这是我的家啊！”他到女子家住了几天，没想到门口就已经被狗占据了。

母狗吠叫得很凶，明显地是在警告违法的侵入者，加上它身边蠕动求乳的三四只还未睁开眼睛的小狗，连伊卡自己都觉得仿佛侵害了他人的天伦一般罪恶感了起来。

“可是，这是我的家啊！”伊卡也觉得有些委屈。

母狗愈叫愈凶，邻近的人纷纷打开门窥探。

每次伊卡带女友夜游回来时，邻居们也这样在门后偷偷窥伺着。

“伊卡，伊卡，养一只狗嘛，养一只圣伯纳——”

女子在门口吵着要养一只狗的时候，伊卡正在与那打不开的锁奋斗。

女子喝了一点酒，紧紧贴在伊卡身上，她身体的纠缠更使伊卡老是找不到正确的锁孔。

伊卡几乎感觉到每一扇门背后那窥伺的眼神，“多么猥亵的男女！”他们一定这样又亢奋又鄙夷地从牙缝挤出咒骂的声音。

“拜托，站直一点——”伊卡勉强地用右肩膀顶着女子巨大的胸脯乳房，一头大汗地继续低下头寻找锁孔和钥匙之间正确的位置。

锁孔中弹簧“啪”的一声，锁开了，伊卡长长呼叹了一口气。

“门开了，可是，我不要进去——”女子狡黠地笑了起来。她故意躲闪着，不肯进门，还故意和窥探的邻居打招呼，伊卡便上前追扑。

当伊卡真的有一点愤怒起来的时候，女子正被伊卡的身体紧紧地压在门框上。伊卡几度试图把女子推进门去，但是，女子用背脊和趴在墙上的臀部固定着。伊卡气急败坏，鼻子顶着鼻子，他嗅到一阵一阵从女子喉口中蒸发出的发酵的酒和食物的热热的臭味。

“伊卡，伊卡——你为什么要告诉我一个假的名字——”女子脸上垂挂着不知道是鼻涕或眼泪的什么液体。

“进去，进去——”伊卡仍然努力试图用整个身体的力量把女子推进门去。两个人都一身湿透，这样地贴在大门口，伊卡感觉到那些窗后窥探的眼神一定觉得他们简直是当众猥亵了。

“你再用力一点，嗯？你再用力一点——”女子像挑逗又像挑衅地看着伊卡。两个人仿佛进入白热高潮状态的斗鸡，在全身紧绷的亢奋样子中静止着。

“哈哈哈——”女子忽然不可抑制地笑了起来。

“你笑什么，进去，进去——”伊卡仍然在女子身上努力挪动着。

女子气喘吁吁地小声附在伊卡耳边说：“伊卡先生，你再用力一点，就要射精了。”

“我会在这门口生一窝狗给你，哈——你不给我买一只狗，你看吧——我要在你门口生一窝——”女子诡异地笑着。

邻居的门陆续关上了。在每一个锁和锁的关阖中，伊卡仿佛听到一种宿命的诅咒。他确实知道传言并不是空穴来风，他确实知道了这城市将被狗占据，人们将和他一样一一沦为在街头徘徊、被阻挡于自己门口的城市的新的流浪族群。

而那露着尖锐的白牙的狗森森的嘴脸和义正辞严的嚣叫的声音，使伊卡几度彷徨于自己的门口，始终犹疑着不敢靠近，他甚至陷入于一种混乱，他这样质问自己：这里真的是我的家吗？

伊卡远远地望着那仍在吠叫的狗，他有一点兴奋又有一点悲哀地想：这真的是我那一晚留下的精液的结果吗？

伊卡无端想起了城市未来的后裔。

二〇一五年二月八日
独白

我其实不认识伊卡，小时候在大龙峒的庙宇附近常看到伊卡式的男子，剪山本头，穿高木屐，身上常有刺青。他们冷酷的脸上有时会有很妩媚的笑容。长大以后，在城市边缘的三重、芦洲、八里，这些外地打工人口栖居的乡镇，也还常常看到伊卡。他们和容易联想到的希腊神话里的伊卡不同，他们健壮的双肩上没有用蜡黏接的美丽羽毛。他们有时嚼食槟榔的嘴唇常常透着诡异的血红。那是我在岛屿四处看见的伊卡。和酒廊女子或娼妓们住在一起，也亲近城市边缘被弃养后一胎一胎蔓延繁殖的流浪狗。

至于流浪狗终于占据了这个城市，则是在进入二十一世纪之后的事了。不要忘记，“岛屿独白”是上个世纪末的预言。因此那个伊卡住过的公寓，那些流浪狗，那一名肉体热烈的女子，都随改制后的城市消失了。流浪狗变成宠物，伊卡穿戴整齐去大学读书，女子紧紧夹紧双腿，头上绑粉红蝴蝶结，这都是改制以后城市新的景象。至于伊卡，唯一和希腊神话相通的部分，是他终于失去了翅膀，从高处坠下。岛屿四周就不再有以“伊卡”为名的男子了。

坠落

她只是要尝试去对抗地心引力。

从十几楼向下坠落的身体，如果能像一朵落花——这当然是完全疯狂的想法。

好像古老神话中的伊卡洛斯，和他的父亲被囚禁在孤岛中。父亲用蜡和鸟羽制作了精致的翅膀，和伊卡一起逃出。在展翅而飞的刹那，父亲一再叮嘱："伊卡啊——伊卡，记住，你的翅膀是蜡制的，它一遇热就会融化，你千万不能高飞，不能接近太阳——"

伊卡洛斯其实是听懂了父亲的叮咛和警告的。但是——他展翅飞起时，啊——海洋都在脚下，星罗棋布的岛屿都在脚下。那个囚禁他、封锁他，使他不得自由的岛屿越来越远——他努力扇动起翅膀，他忘了这是蜡粘着羽毛制成的翅膀，他忘了蜡是多么脆弱而不稳定的物质。他沉迷于蜡的薄而透光的质地。他向阳光飞去，他想更仔细地看阳光穿透蜡的翅翼时那种视觉上的迷离辉煌。

伊卡洛斯，据说，最后看到了蜡被太阳熔化，像眼泪一样一滴一滴垂落飞散。蜡的泪滴在高空中被风吹散，飞溅在伊卡的脸上。羽毛一根一根离去，在风中越飘越远。他仿佛听到父亲在云层下大叫："伊卡，停住，停住——"而伊卡当然是要高高飞起的，他努力扇动已经残缺、瘫软、无力的翅膀，努力朝金色太阳的方向冲飞。

伊卡洛斯坠落了。

伊卡洛斯的坠落使整个历史惊动。

肉体的重量，加上下沉的速度，使伊卡洛斯青春的身体变得如山一般沉重。

你能想象这样沉重的身体在地面上撞碎的力量吗？

卧在旁边无所事事的一只晒太阳的狗，被坠落的身体吓了一跳。它敏捷地站立起来，向那一动不动的一块奇怪的溅满了蜡泪的肉体看了看。它竖直了耳朵，又用嗅觉嗅了嗅，对那忽然坠地的肉体的一无反应似乎有一点失望。

春末夏初，下过一阵雨之后的热带城市显得有一点郁热。大部分的人躲在城市大楼的阴暗角落休憩。

狗吠叫了几声。

坠落的肉体没有反应，躲在阴暗角落的人也没有反应。

一个新兴的城市应当如何处置不明的坠落物？狗重新卧下时，很认真地这样思考。

新兴的城市正在忙碌于做族群的分类。但是族群的分类远比政客们预料中的复杂。用语言归类的族群、用政党归类的族群、用出生地归类的族群、用性交的方式归类的族群、用政治认同归类的族群、用年龄归类的族群、用肤色归类的族群、用不同思维方式归类的族群……林林总总，似乎大家最后都迷惑族群分类的不彻底，希望在太过笼统的族群界分中再找到更为确实的分类原则。

狗是新近被特别提出讨论的"另一种族群"。

肤色——黑，性——采交尾式，语言——狂吠……晒太阳的狗对自己新近被界定归属的族群特征异常不满，它曾经意图在族群讨论立法会议上建议将"肤色"改为"毛色"，但是很快发展到对"狂吠"一项特征的立法程序，使它始终被排挤在发言台之外，没有任何为自己辩解翻案的可能。

一个坠落的青年的身体，一个坠落的青年的身体……

狗在极度沮丧中感觉着一个一个从城市高楼处坠下的身体。"他们也是一种族群吗？"狗这样忧伤地沉思着:"应该被称为'坠落族'或是'坠楼族'？"

它有一种先天的对文字的敏感，很像一名诗人，虽然在文字完全被糟蹋误用的沮丧中，它还是望着即将一具一具坠落的青年的身体，准备为这盛大的嗜死的族群想出一个比较合适的名称。

独白

二〇一五年二月十二日

我总在想伊卡。那一具从天空高处直直坠落的肉体。那一具失去了翅膀的肉体。他是忘了父亲的叮咛吗？他是忘了翅膀的羽毛是用柔软的蜡黏合的吗？或者，他只是想高高飞起来？即使知道高高飞起之后必然坠落的结局。

岛屿上已经没有嗜死的族群了。嗜好死亡，迷恋死亡，用最欢悦的方式飞起，像伊卡，高高飞起，然后迅速坠落。那像是刚刚在岛屿发生的死囚的死亡，“对下起，兄弟，一路好走——”，没有想到甲午年最后几天听到的警语是这一句话。我为他们念了一遍《金刚经》，读到“无我相、无人相、无众生相、无寿者相”，我热泪盈眶。

如果是司马迁，或许可以为这六个死囚立传吧。这样的死亡，这样互道珍重，这样决绝，嘲笑着许多人战战兢兢的苟活。司马迁写历史，写到“风萧萧兮易水寒”，他知道决绝的生命一一出走，不会在历史系琐碎的史料里，历史只有那一部，不会在庸庸懦懦用“历史”拿博士的那群人当中。他让高歌的生命跟俗世告别，“一腔热血劝珍重”，他们看蜡在阳光里融化，看羽毛飞散，看自己宁为玉碎的肉体四散飞去。

癞皮

“他们像狗一般地被驱赶着——”

城市里新聚集的劳工，离开他们逐渐荒废、被城市遗忘的家乡，凭借报纸广告中一则小小的就业讯息，整理了简单的行李，不多久，就站在城市拥挤的车站门口，看着五光十色的城市夜晚的各种闪烁的霓虹招牌，看着东西南北，一时不知道要往哪里去。

伊卡于是接过这彷徨者的行李，用命令式的口吻打破那故乡来的人初到城市时一刹那的犹疑。他说：“走吧！”然后指着街道上不知道为什么都低着头、匆匆忙忙赶路的城市居民说：“他们像狗一般地被驱赶着——”

伊卡住在城市河流的西岸。河流不定期的洪汛，为城市带来经常性、不大不小的灾难。河流的西岸，由于富有的中产阶级逐渐移居到东区，缺乏了有力的投资，就一直停留在大约三十年前简陋老旧的社区形式。

贫穷的困境，使社区里的人彼此神经质地恐惧和提防着。他们的住宅，门窗都装设了监狱式的牢固的铁质栏杆。“他们害怕财物被偷窃吗？他们是否担心违法者侵入家宅，伤害他们的身体呢？”

初到城市的彷徨者有点不解地仰头看着一扇一扇完全被禁锢的门窗。他忽然想念起故乡可以一眼看得很远很远的家，可以看到山脉尾端蜿蜒入海的曲折，和晴朗时那一线艳蓝得像死掉了一般的海水。

伊卡看着这故乡来的朋友，他一旦进入这一层一层铁门、铁窗封闭的公寓室内，头顶着低矮的铁皮屋顶，就露出一种凄惶的、逡巡着出路的神经质的眼神。

铁皮屋顶上蒸散着白日晒了一整天的热烫的烤炙的气味。

“这是烧烤箱——”伊卡调侃着，便剥去了身上一刹那间就被汗全部弄湿透了的衣裤，仅仅穿着一条小小的白色棉布内裤。

“脱掉衣服吧——”伊卡说：“你这样会像狗一样长出癞皮的。”

初到城市的彷徨者，不知道为什么故乡的兄弟伊卡连续用了许多次“狗”来形容周遭的人。

他顺从地脱去衬衫、鞋子，当他褪去黑色的长裤时，伊卡看到这故乡来的青年仍穿着在故乡大家最习惯穿的打球的短裤。

“常常打球啊——在故乡。”伊卡说。

那青年点点头，做了一个旋转上篮的动作，很兴奋地哈哈笑了起来，拍打着伊卡的肩膀，仿佛忽然回到了可以奔跑撒野的故乡。两个赤膊的男子便拥抱着唱起了故乡的歌。

因为这个贫穷社区的首长准备去竞选总统，忙碌于跑票，社区的发展更被荒废了。在洪汛过后，由富有的东区漂流来的众多垃圾，使整个社区发散蔓延着腐败的臭味。

有一部分人认为，臭味的来源不只是垃圾，也是因为逐渐在蔓延的狗的一种可怕的癞皮病。

在社区街道上，可以看到一堆一堆脱了皮毛，长着红肿烂疮的狗，猥琐地行走于铁门和铁窗之间。它们已经没有向人讨食、乞求喂养的信心。

“它们被脚踢、被棍棒击打，它们知道，狗，作为宠物的乞食方式已经不可能了。”伊卡说。

它们于是流窜在荒凉的城市夜晚的街道，在嫌恶它们的中产阶级的人和宠物入睡之后，它们以敏捷的动作，进驻这城市的每一个角落，在收取垃圾的车子来临之前，迅速打开每一个胖胖鼓鼓的垃圾袋，寻找那被中产阶级和他们的宠物轻易丢弃的食物。

“因此，喂饱肚子是不成问题的。”伊卡说。只是，身上那永不能治愈的，一时又死不掉的难堪而脏臭的癞皮，似乎永无终止的在城市中蔓延着。于是，人们暂时想用堤防——高高的堤防——把城市西区的癞皮疫区隔开。而且为了美化，他们还发动了学生去彩绘堤防。

独白

二〇一五年二月十二日

有时候沿着河堤走下去，会看到聚集在河堤外围成群的流浪狗。各种不同的狗种，黑色的台湾土狗，骄矜傲气的粉红贵宾，眼神蓝灰忧郁的哈士奇，巨大温驯的圣伯纳，他不知道为什么会有这么多名种的狗，“买起来都很昂贵啊——”他不解地抓抓头。忽然觉得头皮中有一种难忍的瘙痒。努力抓着，却越来越痒。他想起来，电视政论节目的名嘴曾经用“据说”传述一种蔓延很快的狗的皮肤病。他当时没有注意听，心想这种节目的名嘴一向都是以造谣说谎出名的，因此他们言之确凿的事件也都被认为是无稽之谈，何况只是“据说”，就更难引起他注意听内容细节。他通常都是坐在马桶上看政论节目的，当名嘴们嚣嚣狂辨的时候，他用力挣着堵塞在直肠的干屎，便更无法分心去注意听关于狗的癞皮病的种种。

事实上，他真的错过了重要的环节。因为人的偏执，让他忽略了这即使嚣辨的语言中的正确资讯。

那名嘴的“据说”，正是在追踪西区堤岸边流浪狗大片感染顽强癞皮病的传闻。而那是名嘴少有的一次，用如此严肃的态度，整理河堤边散步的老人们的说法，“据说”这种出现在流浪狗身上的皮肤病，已经快速感染在各种宠物身上，即使主人用昂贵的药物也无法医治，致使宠物的主人已经开始纷纷弃养名贵狗种，形成河岸边奇特的景观。当名嘴“据说”的时刻，他正奋斗于自己的便秘，无法分心细听，终致错过了重要的消息。因为名嘴像是“危言耸听”，“据说”这种病是可以发展成“人畜感染”的。他像虚脱一样，用尽力气完成了自己的解放，因此刚好没有听到“人畜感染”。

走在河堤外，除了惊讶这么多患癞皮病的名种弃养宠物，他也惊讶于自己的头部会如此不可遏制地搔痒起来，才抓了几下，手指甲里就流出脓血了。

欢迎

岛屿的夏日很像一张照片。但是伊卡不记得是在哪里看过这样一张照片。

有很吵很吵的蝉声。蝉，一直叫，一直叫。叫到声嘶力竭，气力都用完了，从大树上摔落下来，死在地上。花香的浓郁，也好像蝉声，是一种亢奋的性欲和死亡混合的气息。

好像很害怕要濒临绝种的昆虫，在雨夜过后，扑飞着四处寻找交配。一旦迅速交配完成，它们就一堆一堆死在灯光中，变成干枯的尸体。

当我们说“灿烂”，也同时在赞叹那迅烈如烟火般短暂的毁灭吧！

在城市一家叫“欢迎”的餐厅发生巨大的火灾过后，城市中便开始流传那些受灾的幽灵，时时在夜晚，乘坐着一艘船，在城市上空漂流而过的传说。

这是当初规划和设计这个城市建筑的官僚与商人没有预料到的。他们为活着的城市居民设计了一整套购屋、投资的规划，使活着的城市居民满意而且更加贪婪地占有更多的财富，使他们饱暖思淫欲，仿佛雨夜中四处求偶的昆虫。

“‘更加贪婪’是城市投资者最需要掌握的基础。”当一个黑道的兄弟用枪抵着城市的管理者的后背，指示他在城市的庆典中发言时，黑道的兄弟做了最不可抗拒的提示：更加贪婪。

不多久，岛屿上几个重要的城市便以“更加贪婪”作为五年计划中政治、经济与文化发展的总纲。

幽灵船后来不只在夜晚出现，大白天也在城市上空漂流，据说，他们寻找一个栖息的定点而不可得。

城市在五年计划中繁荣发展到没有幽灵可以停泊栖息的空间。

看到过幽灵船的市民，据他们说，幽灵们也并没有露出凄苦的表情。他们摇动着被烧得枯焦的头颅，眼珠在空洞的眼眶内转动，仿佛一颗柏青哥游戏中的钢铁的弹珠，他们充满幽默感，时隐时现，向看得见或看不见他们的城市居民露齿而笑，说“早安”和“谢谢”。

伊卡对这样的传说异常的愤怒。他甚至觉得这是别有居心的政治阴谋者恶意的中伤，使岛屿的城市蒙上了鬼魅的阴霾。

但是，抵在城市管理者背后的那把枪却不这么想。“城市是有各种可能‘更加贪婪’的。”那容貌端正的黑道兄弟这样说。他长期以来被赞誉爱戴，许多城市居民甚至以为他才应该是这个岛屿英明睿智，而且眼光远大的“领袖”。

不多久，城市最繁华的商业区出现了巨大的以“幽灵船”为号召的游乐区。幽灵船很像岛屿民间庆典中用来祀奉瘟神王爷的王船，极尽豪华奢侈，并且在船身上写了很大的两个字“欢迎”。据说，“欢迎”这两个字是特别从英语翻译过来的，以符合城市正在推动的本土文化运动。

“但是，为什么‘欢迎’要用金箔来贴呢？”黑道的兄弟对来自官方的庸俗一向有一种不屑。于是，第二天，船身上“欢迎”两个字就改成了深沉、严肃，有死亡气息的黑色。

幽灵船招徕了数以万计的游客，他们都装扮成鬼魅的造型，像古代嘉年华会一样，戴起各种恐怖诡奇的面具，在幽灵船上跳舞、喝酒、赌博、钓鱼、打保龄球、飙车、唱卡拉OK，以及为死者助念大悲咒及心经，也有一切打禅七及修行的仪式和各式各样的艺术活动。

“一个城市是非常健忘的。”伊卡这样想。

伊卡走过凤凰花盛放的岛屿，看到花如血点，总觉得这个夏日的确非常像一张照片。照片上的人，他都可以一一辨认。他们露齿微笑，有礼貌和教养，他们摇动着姿态端正的头颅，向四周围观的群众颔首致意，说“早安”“谢谢”。他们转动着深情的眼睛，仿佛这是一个悠长美丽的夏日，生活幸福美满，岛屿上的居民，活着，或死去，都应当了无遗憾，有满足感谢之心。

伊卡因为遍寻那张他确定的照片而一无所获，坐在城市花落如血迹的地上痛声哭泣了起来。

独白

二〇一五年二月十二日

我想走到远一点的地方去，思考这一年开始的种种。二〇一五年，应该是一个值得深深纪念的年份吧。已未年，在一二〇年前，两个甲子之前的乙未，岛屿从一个帝国转让给另一个帝国。

一个旧的帝国，已经腐朽衰败不堪，完全无法照顾还隶属在他帝国名下的岛屿。另一个经过西化励精图治的新帝国，虎视眈眈，觊觎很久，要吞下这个岛屿。乙未的前一年，两个帝国发生了海战，旧帝国不堪一击，被打得落花流水。两个帝国谈判，签订条约，旧帝国因此赔偿巨大赔款，并且将岛屿割让给新帝国。

岛屿上起了骚动，这样的转让，是好？是坏？他们焦虑惶恐，但大部分岛屿上的居民其实无法判断。

士绅阶级的读书人有旧帝国的依恋，他们因此起而抗争，试图成立“共和国”，对抗新的帝国接收岛屿。

基层的民众和岛屿上原有的部落居民可能感觉不深，他们习惯只是从一个帝国转让给另一个帝国。

岛屿上士绅阶级建立的“共和国”很快溃败了，他们抵挡不住新帝国强大的炮火。失败之后，他们乘船逃亡，回归到旧帝国的家乡。

岛屿上仍然有大大小小的抗争，零星不断，来自不同的原因，不同的焦虑和惶恐。

新帝国很快掌控了岛屿，开始修建南北的纵贯铁路，开始施行普及教育，建立卫生和警察制度，岛屿开始“现代化”了。

岛屿的“现代化”和“殖民化”在二〇一五年初又引起了争辩。肇因于岛屿城市一位新的城市首长对“殖民化”即“现代化”的诠释。

“殖民化”是否即是“现代化”？大多岛屿居民还是没有太多清晰意见。他们热衷讨论的，却集中在关于城市首长的“亚斯伯格症”的症候。

速度的掌握，
第一是要背叛自己，
第二是对死亡好奇。

飙

“如果我避过了死亡，也就是说明——我缺席了。”

他说完之后，就跨上那台黑色巨型的摩托车，发动引擎，如急风中的火焰一般“咻——”的一声，消逝在路的尽头。

关于速度，伊卡一直有他自己一套独特的看法。人类总是在要求速度，好像古希腊那个马拉松的长跑者，“如果能够再快一点——”这是耽溺速度者永远的假设。

“但是，速度的掌握，第一是要背叛自己，第二是对死亡好奇。”

伊卡和他的伙伴们，不像报纸媒体上描述的那样狰狞或恶霸，他们甚至是斯文的，比大学文史科系里自以为习惯于“文明知识”的伪善者更多一些沉稳踏实。

我忽然觉得自己是路过的旁观者。小学、中学、大学……我的教育使我习惯于一种“旁观”，不管是冷嘲或者热讽，不管是死亡或者生存，我都习惯了“旁观”，不关痛痒。

“你是不能旁观死亡的，”伊卡说，他用手指指戳我的身体，“它，就在里面。”

然后，他跨上重型的摩托车，在笔直的路上，头也不回地扬长而去。

岛屿的暗夜，当城市中的许多角落酝酿着各种欲望，在城市与城市的空白地带，在连接城市与城市的道路上，聚集起了追求速度与死亡的青年。

“速度其实是一种性。”他冷冷地笑着：“速度是一种亢奋，人类在性的亢奋高潮中仿佛死去一次，因为那高潮中，他背叛了自己，他渴望窥探死亡之后的另一个自己——”

他和伊卡并不相识，他们从岛屿的各个角落聚集，他们选择“路”做他们的国度，移动的国度，没有定点的国度。

“我们占领‘路’，因为路不是空间，它只是一种延长，一种过程，或者说，其实，没有人能够占领‘路’，我们只是通过，我们尝试用很快的速度通过，我们想到路的尽头去一窥究竟……”

他的脚轻踩在发动器上，他的右手转动油门，他有一种如负重任的专注，车子仿佛被他的专注操纵，笔直地驶去。

路上其实是有些尸体的。在速度与死亡之间失衡，身体便从座垫上被弹起，好像一种物理上的抛物线，在夜晚的无始无终的路上，飞扬起来，成为美丽的弧线，轻轻殡落。

他们在暗夜的路上，很像一种殡星的碎片，散落在路上或路边的旷野中，也很像一些被忘记了踏灭的烟头，犹自燃烧着点点火红的微弱的光。

“我们停下来搜集尸体，好像捡拾没有完全熄灭的烟头——”

“其实，在速度的极限中，肉体没有太多感觉。肉体在安逸中是很淫欲的，好像每一寸皮肤都长出了乳头、阴蒂和阳具，是一种很肮脏、很龌龊的淫欲。”伊卡的形容当然有点让我吃惊，他却没有发现，好像也不关心。他继续非常笃定地告诉我：“速度，使一个人纯洁。”

“速度，使一个人纯洁。”我重复着。

“在速度里，人的肉体，很像一种高热的火焰，它并不跳动，它甚至也没有了燃烧的外貌，它，静定成一种非常安静的光。”

“那么，尸体呢？你也和我一样，看到路上有许多尸体。”我反问着。

“他们失神了——”伊卡站起来准备出发，他说：“在赴死的路上，你不能有一点点失神。”

我听到一种声音，很干净，很绝对的一种高音。像马勒最后没有写完的那一段旋律，持续地升高，持续地升高，在每一次应该有升高记号的地方，我都惊悸于那声音就要破裂毁灭，但是没有，它的确非常非常像伊卡说的那种安静的光，在岛屿暗夜的路上，如此专注，为他们新的国度建立着信仰。

只是，听说，最近岛屿上的路都被封锁了。岛屿上的执法者，恐惧那无数暗夜中速度与死亡的追寻者，他们拿起了警棍，像捕杀野狗一般，猎杀着伊卡和伊卡的伙伴们。

在重重的铁网的封锁中，伊卡当然是极少数的幸存者，仍以他一贯的笃定，远远奔驰在执法者的速度之外。

二〇一五年

二月十二日

独白

我带了一瓶小米酒，一包槟榔，走进巨大白榕牵连纠缠的鸾山部落，在祖灵的祭坛前，放好我的祭品，低头祈祷岛屿保护这个部落，保护族人，保护这些比我们祖先还要早生长在这里的白榕，我跟祖灵说：让我们战斗到最后。

那是关于平地一个殡葬业财团要收购部落土地做灵骨塔的故事。他们要收购土地，砍伐巨大的白榕，老树连根拔起，推倒山丘，拆毁房屋，整理宽广的平地，修建可以一方尺一方尺贩卖的灵骨塔，“那是有多么巨大回报率的商机啊！”财团的总裁搓着他的双手嗟叹着。

鸾山部落的布依族孩子在梅林间玩耍，他们习惯这个季节梅花盛开时整座山中浓郁的香气。然而忧郁的老人看着盛放的梅花，想象起梅子在辅导种植时的高昂价格，曾经如何鼓舞着部落居民。“一斤九十元的梅子呢——”他们欢心地传诵着辅导上级的布告。然而，忧郁的老人吐一口槟榔渣，骂道：“去年一斤不到五元了！”

然而孩子们还是高兴梅花这样一波一波盛开如海浪绽开的波涛。他们攀爬在巨大白榕的枝干间，像母亲一样高大健壮的古老大榕树，就展开他们广阔的手臂，无远弗届，呵护着这些孩子。

那一天我看到了部落里传说中的英雄“阿力曼”，我向他致敬，他腰带上挂着刀，有刻着美丽族徽的木制刀鞘，他面容温和安静，很难想象他同时可以是对抗邪恶势力的勇士。据说，他努力击退了财团在这里修建灵骨塔的计划，保护了老榕树，保护了部落居民的住宅，保护了可以在树上徜徉攀爬的孩子。他们说：祖灵击退了“恶灵”。

是的，恶灵的诅咒在岛屿上
以“教育”的名义无孔不入地蔓延着。

恶灵

岛屿上的部落青年原来是受祖灵神祇祝福的。他们在十三四岁时，要聚集在族人面前，接受族中长辈以棕榈叶鞭打身躯的仪式，表示除去邪祟恶魔侵害。圆月的光华使海洋变得异常美丽温柔，因为所有的村落都朝向海洋，成长的青年，就在山岩上一面看海，一面奔跑，又从山岩和礁石的高处纵跳入海，在海洋蓝绿色起伏的波浪间泅泳欢笑。

是不是为了驱除邪祟恶灵，为什么要用棕榈叶鞭打身体，已经没有人能够确切地知道。族中衰老的一代，用极其含混不清的语言叙述时，大部分人（包括那些受专业训练的人类学者）都不能完全理解真实的意义。大约能够掌握的重点只是：棕榈叶的鞭打，使少年的肌肉变得结实坚硬如铁，在上山捕猎野兽时不怕疼痛危险。

但是，依照最年长的族人的叙述，岛屿是同时受着神祇的祝福和恶灵的诅咒的。

“恶灵的诅咒是从青年人不再用棕榈叶鞭打身体开始的。”

那个衰老的族人，因为老到语言含混不清，已被认为是老年痴呆的现象，包括最专业的人类学者都开始对他的叙述不耐烦起来，便常常把他遗忘在一个角落，任由他独自喃喃着。

“恶灵的诅咒确实开始了——”老人的最后一句话被意外地留在一位人类学者的录音带上。

“解读岛屿的历史，并不是一件容易的事。”这位人类学者以后一而再、再而三地听着那一句老人最后的叮咛，似乎意识到一点点咒语式的危机。

许多人直觉地想到，所谓的“危机”便是巨大的地震、海啸、暴风雨、火灾，或是战争。

“人们对眼前可见的灾难或死亡是比较有反应的。”在连续数次的地震、火灾以及战争的恫吓之后，人类学者 M 在他的笔记上写下了这样的感想。

但是，他一而再、再而三地听着那老人留在录音带上的一句话，“恶灵”的读音是“Sha'o Nien”，诅咒的读音是“Si Wan”；他似乎读到一点蛛丝马迹，但是又不敢确信。

“十九世纪以来，欧洲实证主义的人类学调查，其实是白种人种族优越中心论演发出来的一种偏见。”人类学者 M 这样想。因此，他极力想挣脱在自己身上也存留的许多汉族中心的思维方式，以便能够更设身处地地进入岛屿族人的生活信仰中去。

他再次造访老人时，老人已坚持不用语言交谈。M 有意无意地读着

“Shao Nien”“SiWan”，这些从录音带上听来的词汇。M新近领悟到，这些发音，一旦译为汉语，变成“恶灵的诅咒”，其实已经是一种思维的误导了。

老人听到M的发音，忽然面容严肃起来，他急速地把M带领到山岩上面一处隐秘的所在。大约有三天的时间，老人面对着大海的方向，一语不发。三天之后，人类学者M在饥饿和疲倦中感觉神思恍惚，开始学习老人跪拜和沉默的姿态。老人如神灵附身一般，舞动了起来，并且摘采了一段黄藤，以黄藤在沙地上画图。

沙地上的图画是一些M成长中很熟悉的东西，一些“O”和“X”，一些明显要经过选择的“1”“2”“3”的数字符号。M有些讶异老人为什么受过这样的教育，老人便开始书写出更为繁难的三角习题的公式，一些“举直错诸枉，能使枉者直”等类似大专联考国文作文的题目，以及三民主义中民族主义的诸多论点。

山岩的背后，隐藏着一片辽阔的沙地，四周蔓生着繁茂的黄藤，M逐渐发现老人在沙地上图画的正是他自己的噩梦，是那一次一次奇怪的考试中奇怪的是非与选择。

“是的，恶灵的诅咒在岛屿上以‘教育’的名义无孔不入地蔓延着。”M终于解读了老人意图告诉他的所谓“诅咒”的真正含义。但是，老人仍然在沙地上图画着一批一批戴着眼镜，四肢萎弱的青年行走在岛屿的许多叫作“学校”的地方，而当老人画到最后一个画面时，那岛屿上仿佛猕猴的族类都在奋笔疾书，M或许因为体力不支吧，已完全晕厥了过去，老人便采了一枝棕榈，开始轻轻在M身上拍打起来了。

二〇一五年二月十四日

独白

据说，某些大学附近的野生猕猴，快速繁殖，从原来的保护类动物，已经变成人人喊杀的敌人。但是动物保护法的修改条文还停顿在立法机构，迟迟没有审核。

猕猴的繁殖快速到令人吃惊，在人类快速流行结扎、避孕、堕胎各种减少生育的方法以减少生育的同时，猕猴刚好相反，它们没有任何节育的计划，因此使大学附近社区的人猴比例已经远远超过当初设定猕猴为少数保护类动物的标准。

一位大学的P教授气愤地说：“我们，我们才是应该列为少数的保育类动物。”

但气愤归气愤，法案没有修正以前，没有人敢违法拘捕、囚禁或屠杀猕猴。

大学靠山边的学生住宅常有猕猴结党聚众攻击单身行人的事件发

生。猕猴对着落单的老师或学生龇牙咧嘴，做出极不礼貌的动作，P教授甚至说："它们不顾廉耻，竟然——"他没有说完，掩面痛哭起来。这使校务会议的委员们议论纷纷，交头接耳。有人揣测是P教授受到猕猴性骚扰，有人说没有那么严重，猕猴只是在P教授办公桌上兀自打手枪，恰巧被教授看到。但他是文化复兴委员会的重要分子，在道德沦丧的时日常常以自尽要挟，要为古老的道德守节，因此看到猕猴如此罔顾廉耻，自然痛心疾首，濒临崩溃边缘。

新近的消息是猕猴已经明目张胆侵入民宅了。有女学生晚归，一进宿舍，开了门，就发现浴室有"人"，以为是歹徒，因此尖叫，惊醒邻近的住户，一位勇敢女学生匆匆赶来相救，却看见是一只猕猴，正从浴室冲出，"赤条条"跨过昏倒的同学身上，抓着一条粉红色浴巾向山间逃窜而去。

昏倒后经人救醒的女学生，听到侵入她卧房的是"猕猴"，她异常生气，歇斯底里地狂叫，坚持浴室里的歹徒明明是"人"，而且好像是一位年轻男子。她觉得说是"猕猴"的邻居女学生别有用心，因为她们正同时为迷恋一位校园帅哥冷战，成为情敌，这邻居女学生就放出这样"令人不齿"的谣言来毁坏她清白的名誉。

猕猴好像介入了教授的道德沦丧，也介入了女学生的爱情故事，立法机构若还不尽快修法，二〇一五年势必还会有一次教授学生的占领"立法院"运动吧。

岛屿上的“领袖”忧伤地读着
各种杂志报纸上琳琅满目的谶纬。
他想：岛屿需要一种稳定而有力的信仰。

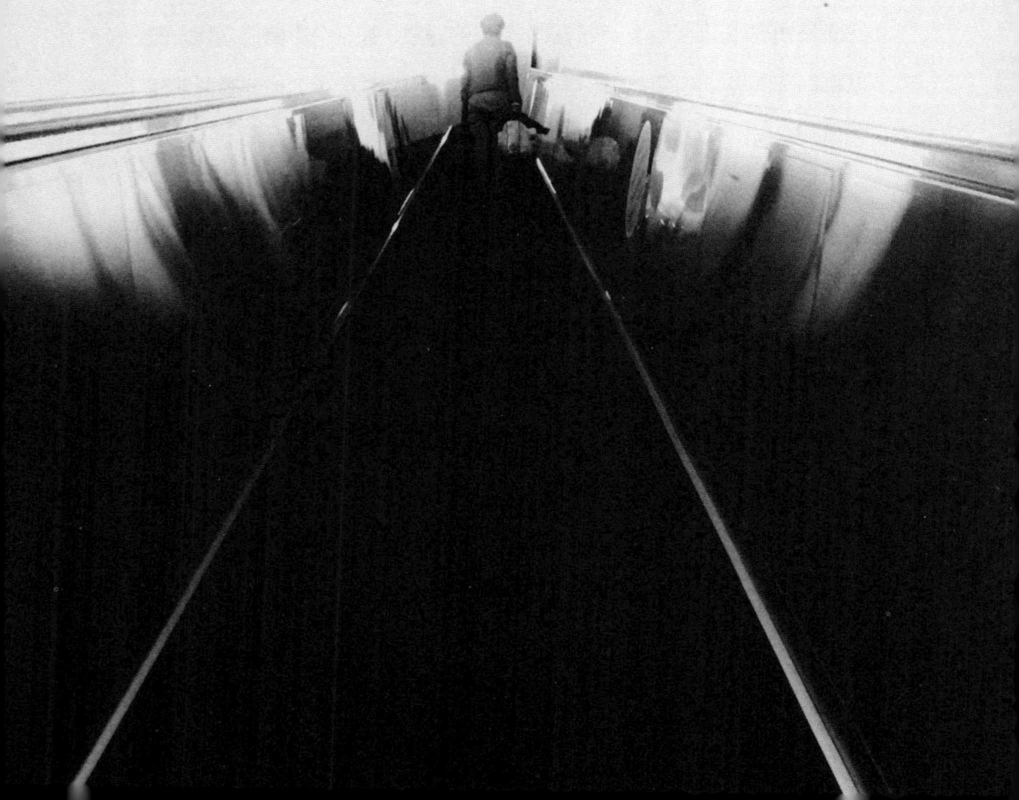

谶纬

各种灾难的传言，在岛屿四处，如疫病一般蔓延着。关于西边海面上忽然涌现如天兵天将一般的敌军船只的异象，被一个影响信众颇大的法师以天眼般神奇的法力看到了，在证道的电视法会上，证据确凿地预言给信众们，要求信众们共同见证。

然后是岛屿上一座重要的宫殿突然发生了大火。那个长久以来仿佛和神话与传奇不可分割的宫殿，原来属于岛屿上一个重要的权力家族。在这个家族没落倾颓之后，岛屿上争夺权力的新贵，久久以来，便觊觎着这栋华丽的建筑，梦想着自己和自己的夫人也穿着优雅曳地的长袍，行走于那宫殿巨大高耸的廊柱之间。

但是，宫殿在一个炎热夏日的午后，忽然因一场大火毁灭了，只剩下一个看起来仍然霸占着空间的大骨架。许多人围观叹息，他们在熊熊大火后，看到焦黑空洞的宫殿，仿佛如古代的谶纬之学，许多关于岛屿命运的流言便又再次借大火复燃了。

岛屿上的“领袖”忧伤地读着各种杂志报纸上琳琅满目的谶纬。他想：岛屿需要一种稳定而有力的信仰。

“领袖”本身笃信宗教，他约略也了解到岛屿上各种宗教形成的力量，是作为政治“领袖”的他都不能轻易忽视的。但是，谶纬之学的兴盛，也多多少少和宗教有着牵连，是在政治上不得不防范的。

“因此，比较可行的信仰，其实是应该急切地建立起一种哲学。”“领袖”这样推算着。

但是，他随即又沮丧了起来。他比任何人更清楚，由于长期思想的封锁和禁制，岛屿上早已没有了“哲学”的可能。

“哲学失去了生命判断的胆识，哲学失去了身体执行与体验的部分，哲学失去了独立思考的勇敢，剩下的，便只是唯唯诺诺的与庸众敷衍谄媚的嘴皮唠叨与乡愿的妥协吧。”

“领袖”在一次大学的哲学讨论会上这样做了结论。但是，当他看到一列一列恭谨地抄着笔记的教授和哲学系学生时，他便敏锐地察觉到他的结论又将被奉为另一种庸众媚俗的工具。

他沮丧着。作为一个贪婪而庸俗的岛屿的“领袖”，他的睿智与洞察事理的精明反而是他不时陷入沮丧的最大伤害吧。

然而，许多谶纬还是随着岛屿上大大小小各种不同的灾难此起彼落，快速地流传着。人们非常健忘，岛屿上日日涌现的事件，以及日渐频繁的资讯，带来了全世界的惊悚的新闻：东北方向大楼的倒塌，西南方向洪流的泛滥，正西方种族战争中无家可归的难民，东北边民间一种怪异宗教进行着毒气式的谋杀……都经由天空的卫星，迅速地在一天之内立即传讯岛屿的每一个家庭，而且不厌其烦，重复播送，岛屿上的人耽读着各式各样怪诞而离奇的事件，每一天都充满着亢奋如吸食麻药一般的经验。

“麻药是有毒瘾的，”“领袖”摩挲着下颌，心里这样想，“谶纬其实也是一种毒瘾。”

“预期一种更高潮的亢奋吧。”他在餐桌上转身向嚼食着四分熟牛肉的夫人这样解释。

夫人虽然聘请了易术的学者每星期在宫邸讲解有关爻卦的道理，但是，关于“领袖”为什么联想着“谶纬”以及“高潮的亢奋”，夫人并不能十分了解。而且，为了顾及餐桌上的礼仪，她对“高潮的亢奋”这样意味着性事的词汇，也不方便继续深究，便只好迷惘地嚼食着那一块仍然有些带着血迹的牛肉。

谶纬果然如毒瘾一般在岛屿四处扩散着。有人预言一种昆虫的迁徙，是岛屿将彻底从海洋中消失的象征。惊慌的一名群众便背负着锅碗，系带着米谷和干粮，企图用门板浮在海洋中，求得大毁灭中小小的一己生存。

“愚蠢啊，愚蠢——”新近哲学学者有过一些责备群众的发言。然而那门板上的求生者仍然固执己见，他流着眼泪向岛屿上的居民宣告，在古老历法的第二个月祭之后，岛屿将完全沉没在和他的眼泪一般荒凉的波涛中。他的绝望是因为在爬上门板之前，遗忘了携带一名女人，因此，他的求生，仍使岛屿注定了没有后嗣。

独白

二〇一五年
二月十四日

我想，我是嗜好超现实主义的。在一九二四年前后，法国诗人安德烈·布勒东（Andre Breton）发表了《超现实主义宣言》，宣告一种新的思维形式的革命。超现实主义后来影响很大，画家达利（Dali）和我最喜欢的导演布努埃尔（Bunuel）很快以他们西班牙加泰罗尼亚式的诡异创作了电影短片《安达鲁之犬》，描述了他们的梦境、欲望、割破眼球的冲动。

超现实主义（Surréalisme）并没有违离现实，他们甚至更认真对待“现实”（real），在“现实”的基础上重组人们潜藏在心底深处的真实欲望。例如：P教授为何会在一只猕猴打手枪的事件里如此失态痛哭流涕？如果是布努埃尔，就不会关心校务会议里喋喋不休的道德议论，我多么切盼布努埃尔可以用他拍摄《自由的幻影》的方式，呈现那一天P教授的种种，包括他早上起来亲吻妻子的嘴唇，坐在马桶上发呆想着文化复兴重整会致辞的内容，以及在去学校的路上看到女学生滑手机的手指上颜色怪异的指甲油——也许，每一个细节都不能忽略，所以，当他从右口袋掏出钥匙时，他犹疑了一会儿，因为钥匙的形状仿佛让他想起了什么，也因为如此，当他习惯性地把钥匙插入锁孔时，他听到一种声音，应该是锁孔弹簧弹开的声音，但是，好像不是，更像一种粗鲁的喘息声。研究室的门开了，他透过窗户射进的早晨阳光，清楚看到一只猕猴坐在他的办公桌上，喘息着，抖动着，然后，他注意到猕猴的手与颜色红红的阳具。那一秒钟，如果是布努埃尔，如果是他在《中产阶级拘谨的魅力》中的一个画面，他会如何拍摄？

所以，对超现实主义的信仰者而言，重要的不是结论，不是P教授在大庭广众的校务会痛哭流涕的画面，而是马桶、指甲油、钥匙，这些看来不相干的物件之间，像谶纬一样在几重镜子里反射的锁链关系。是的，那就是“谶纬”，早就流行于中国上古时代的解析现实的方式，其实比布何东或布纽尔都要早了两千年之久啊。

可惜努力于复兴文化传统的P教授对这一传之久远的谶纬之学却是一无所知的啊。

漂浮

岛屿是被海洋环绕的。在很长一段时间内，岛屿上的居民遗忘了他们被海洋环绕的事实。也许是因为关于海洋之外一些恐怖而无稽的传言吧，岛屿当局便决定以断然的方法封锁岛屿漫长的海岸线。

岛屿的海岸线构成十分复杂，因此，看起来简单的封锁工作，执行起来却有许多实际的困难。

例如，岛屿东部的海岸，由于地壳挤压，都是耸立起伏的岩石峭壁，本来就少有船只停泊。除了几个海岬、河口的港湾，需要加重兵防守之外，并没有花太多时间，就完成了封锁的任务。

岛屿的西海岸线，因为是沙洲堆积的海岸平原，加上岛屿上的河流大都从西岸出海，形成了向外开放的冲积扇的自然形势，就难以达到全面封锁的效果。

但是在长达半世纪之久的努力下，岛屿的封锁还是完成了。

封锁的岛屿，在巨大的海洋中，好像一枚紧紧钳闭着的蛤蜊或贝类，露出顽固而倔强的表情。

岛屿的“领袖”，很像人类历史上有绝对野心巩固权力的帝王，他看着这枚紧紧钳闭的蛤蜊，有一种固若金汤的感觉。

海洋在波动着，海洋的潮汐使“领袖”感觉着一种些微的不安。因为这潮汐的涨退常常无意地暴露了他严密的设防——包括秘密隐藏在海岸线地下的布雷和各式各样的陷阱，也包括许多属于高度机密的侦测“侵入者”的仪器。

潮汐的涨退，在海河交界的地方，特别明显。岛屿上的地理志的学者，以十分精密的方式记录着每一天潮汐涨退的规则。潮汐的涨退和月球与地球的引力有关，这已经是古老的知识。地理志的学者，以月球移动的角度，推算了此后三千年间，在岛屿所在的位置，潮汐涨退的全部时间表。这牵涉到精准的历法和天文知识，因此几乎消耗了学者大半生的时间。

年老的学者摩挲着他苍苍的一头白发，茫然地看着电脑仪表板上显示的三千年间星空的移动，看到一个用“T”字母代替的岛屿。他忽然发现，在以月球为主的星空移动的推算中，那原来他以为固定不动的岛屿，也随着海洋的周期漂浮了起来。

“岛屿是移动的。”他惊愕地叫了起来。

因为一个预设元素的误植，学者皓首研究完成的三千年岛屿潮汐推算表变成了全盘的错误。

学者经历着自己一生努力建立的学说体系全盘崩解的沮丧，沉默地问自己："我应该怎么办？"他在参加"领袖"召集的晚宴时，虽然没有透露这个重大的消息，但是，他一反常态的沉默以及他若有所思的忧虑表情，都引起了精明的岛屿当局的注意。

"你应该找时间休假，放松一下自己。""领袖"在餐后这样向学者建议，他看着学者一头苍苍的白发，也忽然感觉到在长达近半世纪的岛屿封锁中，他与他的幕僚竟已不知不觉都过了精壮的中年。

"放松一下自己吧。"告别时，"领袖"还不惮其烦地用手抚拍着学者已经有点佝偻的背部，叮嘱学者要找时间休息。

岛屿的封锁计划在一步一步推行。每一个执行封锁计划的部门，都依据着学者有关三千年潮汐涨退的推算，沿着岛屿西岸的沿线，做一段一段的勘查，在河海交界处，设下了掌控潮汐的监视器，使整个封锁的设置，完全摆脱潮汐的干扰。

封锁岛屿的计划可以说是成功的。因此，在长达近半世纪以后，岛屿上虽然有电视、广播、报纸，各种现代社会的资讯媒体，但是，岛屿的居民基本上已完全丧失了阅读资讯的能力。他们大部分以为电视或报纸上的报道，是一种"神话"。既然是神话，自然不是现实，也就没有必要深究。

当学者自杀后尸体被潮汐带回岛屿的消息在报纸上以大篇幅披露时，人们仍然以神话的心情阅读着。这哀伤的消息连岛屿的"领袖"都读不懂，因为他完全不知道学者的自杀，是为了用身体再一次测量岛屿在潮汐中漂浮的速度和方向。

二〇一五年
二月十四日

独白

岛屿的东部近十年来成为以土地开发获取暴利的财团觊觎的对象。因为整个西海岸一个接一个都会人口过度膨胀，使西海岸基本上已成为极不适宜人居住的地方。空气的污染，交通的拥塞，治安的败坏，土地早已因长期过度使用农药化肥不堪种植良好作物。

河川的水质也一再变坏，原来还记得河里溪里都游着鱼的那一群老人，日夜坐在河边怀念他们的童年。他们跟幼小的孙子们唠叨着一种叫作“蛤”的贝类，他们夸张地说：“你到溪里去洗脚洗裤子，起来就满满一兜裤子的“蛤”——岛屿的老人们像罹患忧郁症的病患，群聚在西岸的许多沿海市镇里，日日以回忆他们的童年为题，发表对岛屿今日一切的不满。因为岛屿今日一切都不再是他们童年的景象了。

老人群聚的社区，中青年一代都外移做工去了，因此只剩下祖孙两代。老人述说的对象，当然就只有孙子们。然而孙子们因为都迷恋起电动游戏，目不转睛盯着手机或平板电脑，他们对老人一再重复唠叨的“蛤”一点兴趣也没有。孤独的老人们，看着社区新近兴建起了一座高塔，据说花费了七千万，他们曾经参加旅行团去参观过岛屿最高的101大楼，回想起来也是这样仰头瞻望啊，高高的耸入云天的建筑也似乎一时满足了他们对乡里的荣耀——“我们也有了一座101呢！”他们骄傲地跟孙子们说。当他们知道修建这座高塔的W家族真的是岛屿最高楼101的股东时，他们更增加了几分荣誉感。他们是来回馈乡里吗？在外地成功的企业，回到岛屿，投资兴建高塔，不正是古老传统强调的“衣锦荣归”吗？

但是老人无法了解，兴建好的高塔，运转之后，为何日日夜夜飘散着奇怪的恶臭。“那是怎样奇怪的气味呢？”大家努力用鼻子去闻，像野狗寻觅食物一样皱起鼻子，用皱褶夹层复杂的鼻腔嗅觉系统去分辨空气中的气味，然而连野狗都逃跑了。“连野狗都逃跑了——”他们疑虑起来，那气味里究竟有什么？他们跑去乡公所询问，乡长派出负责环境保护和卫生的科长，开联席会议，要对W家族兴建的高塔做调查，要检验高塔日夜释放出的气味，以排除乡民们的疑虑，让大家安心。乡长拍胸脯保证：一定做最严格的检测。她甚至哽咽地说：二十年前乡里发生“多氯联苯”事件，她自己的家里就有五位人员受害，全数死于癌症。“这是血的教训——”乡长的哽咽让群众放心了，二十年后“岛屿还要重复二十年前犯过的错误吗？还可以让居民生活在惶恐不安的环境中吗？”乡长和W家族企业联合聘请了大学来的专业学者，用极恳切的语言保证要给乡民一个交代。

他们说：产、官、学联合起来，就可以振兴地方。

老人们其实对“产”“官”“学”这三个字的意义了解不深，大学专业教授就不惮其烦地解释，“我就是‘学’”，他指着自己的胸口，然后转身向乡长，指着乡长说：“她就是‘官’”，最后他又转身向W家族企业的代表，指着代表说：“他就是‘产’”，“清楚了吗？”学者说完，老人们一致觉得诠释得十分清楚，便异口同声说：“清楚！”并且鼓起掌来了。

绳索

一个老旧的市场，邻近城市火车站的正后方。在五〇年代曾经是大量商贩货物堆卸集散的地区，中盘的商贩在这里转包装、交易，转售给零售商。因为中小商贩聚集，也因此发展出格调不很高的旅舍、餐馆，供搬运工等填饱肚子的小吃摊、清洗身躯的大众浴室和解决性需求的私娼寮。

在城市大多数社区重新因应新的商业需求纷纷改建之后，不知道为什么，这个邻近火车站后方的旧市场却仍然维持旧日的模样。到处流散弥漫着鱼、肉、菜贩洗涤后的污水，夹杂着鱼腥和肉的腐败气息，菜叶发黄萎烂的酸呕，即使在晴日，也是一地湿脏的泥泞。

在新式的鱼肉生鲜高超纷纷崛起之后，年轻新成婚的夫妻大都不再涉足这一类弥漫着叫声和气味的旧市场。他们偶尔经过，也都捣着口鼻，迅速地走过，心里嫌厌这样脏臭的所在，也因此开始抱怨城市的落后不进步。

伊卡是追随一只心事重重的黑狗，误打误撞地闯进了这个市场。

市场的左侧有一排卖各式绳索的店铺，从棉线捻成的细绳，到麻绳、草绳，以及手臂粗的好几股尼龙线绞在一起的似乎是海船起碇用的大绳索，满满一条街，全铺满了绳索。

伊卡好奇地看着这么盛壮的绳索的店铺，看着店铺老板以木尺丈量着绳索，用钢剪铰断，然后用手抓套在肩膀上，一绕一绕，绕成一个整齐而结实的绳圈，交给买者，银货两讫地鞠躬说笑着离去。

伊卡看到那男子时，男子站在一间低矮的理发厅门口，笑着向伊卡说：“坐啊！理发。”伊卡看到一个小小的铁皮招牌，用红色油漆写着歪歪倒倒几个笨拙的字：亲亲理发厅。

只有两张皮制理发椅的空间，只是骑楼屋檐下斜搭出来的一小块违章的建筑。上面草率的几根横梁，架着四五片石棉瓦。伊卡怀疑地左顾右盼，因为男子告诉他从有旧市场开始，就有了这个亲亲理发厅。

男子把伊卡的头扶正，埋怨地说：“你这样扭来扭去，怎么理啊！”男子有些猥亵的声音，使伊卡看了一眼他一直露到小腹都不扣扣子的衬衫，以及他油腻中带着甜俗香气的发乳的气味。

“以前，叫作‘后火车站’的时代，不只是理发，也服务你这样俊帅单身的少年兄啊！”男子这样叙述了“亲亲理发厅”的历史，伊卡才知道是兼具着卖淫营生的行业。

“你一个人？”伊卡好奇地问。男子捣嘴娇笑起来，撒娇地发嗔说：

“我有那么老吗？”

伊卡看一看，大约二十刚出头的男子，很高削的颧骨，斜吊的眼睛，染了一头红红黄黄的头发，衬着青白的脸色，不时嘴角叼着一根香烟，又像鄙夷又像怨叹地苦笑着。

靠墙的一边，用花布拉了一道花布帘子，帘子里传出一种奇怪的低低的吼声时，男子就愤怒地向着帘子里叫骂着：“去死啦，这时候又叫了！”但是他还是丢下了剪发的工具，跑进帘子去了。

市集人潮逐渐散去。伊卡不知道为什么担心起来，他恍惚间觉得那只黑狗被绳索勒死，吊在白日卖猪肉的肉摊上。男子说的关于那个喉咙中堵着痰的老妇人，是他的祖母，是五〇年代经营这理发店的老板娘，生下一个女儿，长大后继续经营这店，女儿后来跟一名跑单帮的商人跑去了日本，留下了一个儿子和一个中风的母亲。男子说：“还好啦！就是常常要替她抽痰，三餐喂饭，是够麻烦的。”男子又恢复了他惯常猥亵式的妩媚。伊卡便忽然记起了他一路尾随的黑狗，觉得这偌大的城市恐怕将一起联手谋杀了它。

二〇一五年二月十四日

独白

关于岛屿的漂移，他读过一些书籍。有些学者甚至认为今日的南美洲大陆和非洲大陆在远古时代都是相连接的。因此已经不是岛屿漂移的问题，而是陆地漂移的问题了。既然大块的非洲和美洲大陆都可以漂移，岛屿的漂移就不算什么了。陆地漂移的学者中包含地质、植物、天文各方面的权威学者。他们追溯今日气候、地景、产物都十分不同的两个大陆，但考古的资料证明，在八千年前他们存在着相同的地质结构或植物化石。这如何解释呢？甚至人类学家也补充了更接近历史阶段的证据，例如产生于北部非洲的金字塔陵墓建筑和美洲秘鲁一带玛雅文化的高台建筑（例如马丘比丘）也有不可思议的相像性。

岛屿漂移的理论研究一开始就被禁止了，因为所有岛屿政治的主导者都有自己对于漂移的向往和结论。例如，岛屿的漂移，要向哪一个方向？向东北漂移，成为岛弧帝国的一部分？向南漂移，将和台风最多的地区连接，向东漂移必须跨过幅员广大的太平洋区，似乎也十分艰难。岛屿的漂移理论还是有学者认真暗地做研究，但因牵涉到政治取向，都不敢声张。政治取向声音太大，总是淹没了岛屿真正科学的研究。所以岛屿上说“真理”的时候，通常都是谎言。

岛屿的四处，都明晃晃的，
闪烁着不安定的光。

台风

暴雨过后，岛屿的天有一种清明的蓝色，非常透明，映衬着轮廓鲜明起伏的山脉。因为海洋的反光吧，岛屿的光线是非常复杂而且多变的。好像上帝在岛屿的四周镶嵌了许许多多面镜子，海洋的透明的光，也从四面八方映照折射着岛屿的山水、建筑和人。

云在经过岛屿的时候，会有特别眷恋不舍的姿态，拖得很长，一丝一丝，在湛蓝的底色上的白色的云，有一种仿佛舞蹈的速度，慢慢经过这个其实一不小心就会忽略的岛屿。

夏季的时候，镜子的反光是特别强烈的，岛屿的四处，都明晃晃的，闪烁着不安定的光。光的游移，使人的视觉有一种恍惚，有一种介于华丽与幻灭之间的印象，有一种瞬间即逝的虚幻，但是，记忆犹新，仿佛是一个浮在空中却在逐渐消失中的岛屿。

伊卡有时候和他偶然相识的狗坐在高高的堤防上看傍晚、黄昏的云。年老的人可以从晚云的色彩预测台风的来临。这个海洋中的岛屿，长期以来养成了对风暴的恐惧，因此，自然中许多征兆都是与台风有关的，诸如草茎的变化、云的色彩、夜间的月晕……

“云的边缘，有淡淡的血色，你看——”老人很耐心地指给伊卡西天上绚烂的晚云。伊卡其实不很分得清“血色”和“红色”的差异。他茫然地看看狗，狗却若无其事地转开了头。

关于台风来临的征兆，对伊卡而言，没有那么值得重视，也许是因为他不曾拥有土地，土地上的建筑，建筑中的家人和珍贵财物吧。伊卡想：台风究竟会使人有什么损失呢？

童年的时候，当台风来临，伊卡便和他的友伴雀跃起来。他们立刻奔进狂风暴雨的溪流中去，从高高的岩石纵跃入海，他们泅游潜水，在急湍的漩涡中欢呼。

“台风会使人有什么损失呢？”

伊卡看着眉头深锁的忧伤老人，他终于想起，一次剧烈的台风，曾经吹走了故乡河口整片沙滩地的西瓜。

“你种西瓜吗？”伊卡觉得可以分担老人的忧虑了。

但是老人摇摇头，一语不发地仍旧细细观察着晚云的颜色。

少年是特别兴奋的。他们泅泳在许多漂浮在水面上的西瓜之间，西瓜有些还连着葛蔓，比较容易抓提。聪敏的少年便一手提着七八个西瓜，慢慢在急流中泅泳靠岸，在西瓜被拉到岸上时，少年便像捕获了大鱼的渔人一样，被人簇拥抬起，受到如英雄般的欢呼。

但是，大部分的少年是和西瓜一起在水中浮沉，风浪太大，西瓜在水中翻滚漂浮不定，若是连根蒂也吹断了，一个浑圆的西瓜，在水中是很难着力的。伊卡记得，许多少年便仿佛玩乐一般，努力骑到比较大的西瓜上，又立刻翻倒，可以在整个台风的季节，渴望着再有一次西瓜田泛滥的盛况。

据说，那西瓜田是一个在北部都会的诗人最后的家产，伊卡他们便惶惶然打听了诗人下落，终于在杳无音信之后，这一群少年都有一点怅然，各自整理了行李，准备到都市中去就读或打工。

“台风在这个特别炎热的夏天是一定会来的。”老人有点沮丧的五官皱缩在一起，使伊卡也有一点难过，但是堤防上的狗不以为然地摇摇头，伊卡便勇气百倍地站起来，拍拍老人的肩膀说：“有人从大风大浪中拉起这么一长串西瓜呢！”伊卡用手比画着，他决定告别老人，他决定在恐惧的灾难来临之前，好好去跑一次五千公尺，伊卡便呼啸了一声，向堤防一端跑去，黑狗也迅速跟上，晚云的红色已渐渐暗淡下去了。

二〇一五年
二月十五日

独白

我在一个叫湄萨的地方看大象表演。

大象似乎智商很高，表演向观众屈膝下拜，表演摇头摆尾，都让观众大笑。

我比较惊讶的是大象用鼻子卷起整串香蕉，完整塞入口中。

接着大象表演了踢足球，一头守门的大象可以用头把对方踢来射门的球用头顶飞。

观众都觉得太神奇了，然而更有趣的事还没有开始表演。

最后一场表演或许是为华人观众设计的吧，因为刚好是华人的新年，表演场上就准备了笔墨纸砚。“不会吧！”我心里想：真要大象写书法吗？

刚开始一头大象用鼻子尖拈起毛笔，这已经使我叹为观止了。

刚好P教授最近为文，议论了关于中国书法的种种。我因此也对大象这场表演特别留意。

P 教授自从在校园被猕猴自慰惊吓过以后，言论时有异常。这所大学师生包容性很大，不但不以为意，甚至还多投以怜悯的眼光。至于P 教授，教历史专业，偶尔炫耀初学书法，自然不是什么罪恶。P 教授书法议论的重点其实与他看到猴子自慰有关。

猴子自慰，专注陶醉，两眼直视勃起阳具。P 教授因此领悟，书法执笔指法当如此，日日苦练，练就独门执笔方式，以此自得其乐。但他不知道这种“猴急式”的执笔法，日久必然形成斗鸡眼。不多久，校园就盛传P 教授猴子自慰事件后惊吓成了斗鸡眼。

岛屿惯于煽情八卦，本来已无人关心是非，校园久已如此，以讹传讹，P 教授视为独门绝学的书法领悟，自以为很有心得，最终只赢得校园第一斗鸡眼的美誉，还是因为不幸做了猴子自慰的牺牲品。

芝麻

钱，一夜之间，忽然全部从银行里消失了。岛屿上的居民非常惊惶。他们簇拥堆挤在银行的门口。但是因为守卫森严，不能够完全接近。但是，前一排的人确实看到，银行里完全空了。只有几盏白白的日光灯，照着银行主管苍白的脸；他很无辜地说："钱，在一夜之间，忽然消失了。"

前排的人，耳语着把话传到后面，在银行前面拥挤着的人群如海洋的浪潮一样波动了起来。但是，他们是非常镇定的。岛屿的居民，长期以来，习惯以一种参与嘉年华会的快乐来面对一切的异变，包括地震、战争的炮火、水灾，和这一次——比任何一次更诡奇不可解——钱的突然消失。

关于钱的主管单位聘请了几位知名的学者，向群众解释，钱的突然消失，几种可能的线索。他们首先希望拥挤在银行门口的群众建立一个基本的共识，那就是：钱突然消失了，这是一个纯粹的物理现象。

“这是我的钱。”一个农民摊开他的存款簿，很努力地解释。

“不——”代表岛屿官方的学者很耐心地推一推眼镜，他说：“大叔，你一定要了解，这与你的钱，或她的钱（他指着一个职业是菜贩的妇人）无关；这是一个纯粹的物理现象。”

群众虽然很焦急，但是他们充满了求知的热情。他们在炎热的太阳照晒下，原本已经有点昏晕的头脑，也因为学者的理性引导，恢复了部分思考的能力。

学者说：“你看，”他拉开自己的裤袋，拉开西装上衣的口袋，“是不是？钱不见了。”

群众悄悄耳语：“是不是变魔术？”

“变魔术！变魔术！”大家突然都兴奋了起来。

学者感觉一种前所未有的沮丧和孤独。他其实很认真地在思考钱突然从岛屿各个角落消失的原因。起先是银行，后来蔓延到一般的企业的钱柜，然后是一般家庭抽屉里的钱，行走在街上的人口袋里的钱，“‘咻——’的一声，忽然都不见了——”一个茫然地站在警察局里报案的男子这样形容。

“有‘咻——’的一声吗？”负责记录案情的警员打断男子的叙述，很仔细地查问：“你确实听到‘咻——’的一声吗？”

男子有点犹豫。他是在等公共汽车，车子来了，他一面上车，一面伸手到惯常放硬币的右边裤子口袋掏钱，但是，“钱不见了，一点声响都没有就不见了。”他仍然一脸茫然。

警员有些生气了，他丢下笔，颓然地靠在椅背上，他说：“你刚才说‘咻’的一声，现在说‘一点声响都没有’，你前后叙述的情节怎么会有这么大的差距？”

男子也忽然发现自己报案的方式不太精确，便很努力地回忆那一刻，究竟有没有“咻”的一声。他在警员前示范了几个动作，很像拙劣的学习表演的学生，把右手放进口袋，头向右侧倾，表示一种听觉上的努力。

“科学的准确，是非常重要的。”警员说。这是他引述自报纸上读到的学者的话。

学者认为岛屿上发生的钱突然消失的现象，可能是人类历史上空前的一种物理学上新领域的突破。他虽然钻研经济，但是他始终对物理的领域有更大的兴趣。他在家里用了无数裁成钱的大小的白纸，和制成硬币形状的铜片来做实验，他在日记上写道：你看，纸和金属片都不会消失，只有被制成“钱”的纸钞和压成钱币的金属片才会消失。

“‘钱’已经有了独立于物质之外的特殊意义。”他这样做了结论。

但是，第二天起来，他再度沮丧地发现自己推论的错误，因为新的报道是：钱并没有消失，它们只是变成了一种很像“芝麻”的极小极小的颗粒。

二〇一五年二月十六日 独白

这是需要补充说明的一段，“芝麻”的含义究竟是什么？有什么特别的证据说“芝麻”小到找不到呢？城市建造一座巨型巨蛋的故事，有一点像芝麻突然消失得不可思议。

最初南方的城市有一座巨蛋，捷运经过，必须命名，本土意识的觉醒使大家努力寻找“巨蛋”的岛屿发音。从“巨卵”到“夭寿大仔卵”，都在议会中提出。但福佬[①]移民上百年前，移民之初，筚路蓝缕，实在没有可能预见“巨蛋”出现，自然也不容易凭空捏造一个词语。

岛屿北边的更大巨蛋随后设计开工，中途政党改换，新任城市首长开始详细查勘，发现许多问题，诸如设计的改变，包括安全疏散的错误，包括可能出现的对城市大众捷运系统崩塌的威胁。或许让许多人突然想到了“芝麻”的预言。钱，像芝麻一样消失不见了。岛屿一直重复着一样的故事，荒谬而不可解，没有人继续追问，总是不了了之。这一次，因为新首长的“亚斯伯格症”，市民好像又燃起一丝希望了。可以找回一些芝麻吗？大家拭目以待。

① 福建民系是汉族的一个民系，主要分布于闽南地区、粤东地区以及台湾地区，所说方言属于闽南话。

木麻黄

他在孤独中清醒着。当夏日炎热的暑气逐渐消退，在城市边缘靠近港湾的地方，一些晚饭后的居民，闲散地走在高高的堤防上。他们都惊讶于天空在缤纷的落日红霞之后，有一片极清明深邃的光，像一面镜子——一面没有任何景象、独自发着亮光的镜子。

港湾的右侧，到了大河出海的地方，因为冲积的泥沙，形成一片颇为广大的沙洲，日久累积，渐渐坟起为丘阜，上面便开始生长蔓延起海边耐咸耐旱的植物木麻黄。

这片河口的新生地因为密密生长着木麻黄丛林，就被附近驻扎的军营选择作为训练单兵作战的场所。在丛林中修挖了壕沟和一些散兵坑，也建筑了几座水泥碉堡。

战争却始终没有发生。

在战争的恐惧、等待、准备、防范的长期疲倦中，河口一带的少数居民和驻防的守军都完全松懈了。他们把战争当作一种十分可怕，但是又永远不会出现的恶魔看待；仿佛一出童话，很可怕的恶魔一直不出现，最终也变得有些荒谬可笑了。

在夏季很长的岛屿，夏季的热无休无止，使人慵懒。从战争中完全松懈下来的守军，像享受悠闲的度假，赤裸着肉体，或仅着红色布短裤，在废弃的碉堡上做日光浴。木麻黄稀疏的日光，使他们搽了植物性油脂的皮肤发着亮光，他们年轻安逸，耽于享乐，耽于一种日光温暖金色的美丽，耽于木麻黄有一点刺激性的野辣气味，耽于海风一阵一阵带来有着鱼腥与咸味的空气，耽于他们自己的青春勃发的性渴想，他们便在艳蓝的天空下赤裸地抚摸交媾起来，在同僚之间，也在附近村落的男子与女子间，传播着这战争的威胁过后，一种亢奋于生殖，又亢奋于毁灭的性交。

“也许许多世纪之后，会有人在这片野悍的木麻黄丛林中找到一些肢体的片断，或一些足迹的残留吧。”他在孤独的清醒中这样缅想。

如果战争真正发生，这些碉堡都将装备起武器，军人们勤于操练，并且大声唱着效忠和视死如归的歌曲，最后，也许会有许多年轻即死亡的尸体，遍布在这木麻黄的丛林，被日光曝晒，在夏日烈焰中蒸发腐烂，剩下一些肢体的片断，一些不容易再辨识的足迹的残留。

然而，战争始终没有发生。

在木麻黄丛林中躺着做日光浴，因为性欲和奇怪的渴望逡巡着的身体，日渐多起来了。仿佛壕沟、散兵坑和碉堡都掩护着这秘密的性的追逐，在长期战争的疲倦中，他们找到了另一种方式彼此拥抱或屠杀。

“我们因为战争或爱而结识？”他在亢奋的巨大幻灭中，看着身边的伴侣，明明知道不会有任何答案，他还是发问了。他是那个从战争的世代一直活下来的少数男子之一。

他把伴侣掩埋了。他戴起钢盔，在腰间扣起了帆布的S腰带，他蹲下去，很谨慎地打起绑腿，并且重新擦拭那双陈旧但仍然发着亮光的皮鞋。

他是全身赤裸的，但是，战争的装备一件都没有少。在他的帆布S腰带上，他甚至还悬挂着野战时用的不锈钢水壶。

在将近半个世纪的宣传中，战争被视为一种高贵庄严，近于宗教的奉献。在木麻黄的坑道间，是近距离肉搏的训练，用短柄的匕首刺入敌人的咽喉，那种如豹子一般的敏捷，使战争的世代，忘不掉那效忠和誓死的歌声。

然而，战争始终没有来临。

他决定独自发动一次木麻黄丛林的战争时，正是那蝉鸣嘶吼到沸腾的夏日的末尾。

仍然是一种近距离的肉搏，仍然是高贵庄严到近于宗教的奉献，他使只在边缘绕来绕去逡巡的城市性渴望者亢奋于野悍的生命意义。然后，他屠杀他们，一一掩埋了他们，如同他鄙夷那城市中低浅庸懦的道德。他坚持这样赤裸而又全身战备地在木麻黄中死去，仿佛应验了那半个世纪以来战争的传言。

二〇一五年四月十五日 独白

一个少年的杀人事件使大家忘了追究钱为何像芝麻一样地消逝了。少年杀人的事件发生在捷运上，他曾经为这杀人计划读了数年军校，努力锻炼身体，像一个最优秀的军人，意图学会最短时间最利落机动的有效杀人手法。如果他不是在捷运上随机杀人，而是在战场上，例如，在IS国的领土上效命于圣战者，他是否会得到神迹一般的奖赏？许多战争里都训练过同样的圣战者，例如日本在亚洲战争中曾经训练的“神风特攻队”，十七八岁的青年，狂欢一夜（据说就在花莲的松园），次日驾着只有单程油耗量的战机，飞去敌军的航空母舰，用机身直接撞击航母，使敌人无所措手足，也使敌人损失惨重。

少年杀人事件，使我想到“神风特攻队”的少年。

据说他是“随意”杀人，“随意”与“有意”的差别是什么？

他不悔罪，没有对死者的歉意。“神风特攻队”的少年当然也不会有悔意，也不会对死者有歉意。我端详那一个一个少年英姿风发的面容，照片里的青春褪色了，然而还是令人迷惑，死亡可以像一种美学吗？如此嘲笑着他们的文明。

我是狗

伊卡好几天没有看到他的黑狗，整个城市都在忙着选举一名新的“领袖”，焦虑疯狂，仿佛失去魂魄。“那么，它在忙些什么呢？”伊卡不解地心里这样想。

黑狗并没有走得太远，它只是希望稍稍离开一下伊卡。它感觉到伊卡对它太过依赖，“一个男人如此依赖一只宠物，是多么荒谬的事。”黑狗心里斟酌了几天，便决定暂时离家出走。

因为没有很确定的目的，它就在伊卡居住的社区附近闲逛。

它也遇到一些狗，不太愿意被当成宠物豢养，也无所事事地在街上闲逛。彼此看到，都有一点好奇。先是停下来，然后凝视，然后彼此口鼻闻嗅，然后就彼此再闻嗅一下对方的生殖器。

闻嗅了对方的生殖器之后，并不一定性交，有时候反而摇摇头冷漠地走开了。

和伊卡在一起太久，黑狗有一点遗忘了它的族群的习性；所以，在闲逛的当初，一只不相识的狗把口鼻钻进它的胯下，闻嗅它的生殖器，黑狗竟然惊恐地逃避了。

逃过了几条街之后，黑狗才忽然记起来自己是一条狗。

“我是狗！”黑狗用一种尖锐的吠声提醒自己，其他的狗都站住围观；它们不能够理解黑狗尖锐的吠声中有一种难以言宣的辛酸。

“我怎么忘了自己是狗——”黑狗用尖锐的吠声唤醒了自己族群的意识，心情比较平静了。它看到街头上正在为了选举新的“领袖”，城市中两种不同意见的族群游行表态的队伍，他们用尖锐的叫声不断吼叫着，试图压倒对方的声势。

“他们是人，他们也不愿意遗忘了自己是人的事实。”黑狗很满意地看着两行队伍交叉走过。它对这样一个新兴的城市充满了希望与信心，人与狗都在学习，也都在进步。

然而黑狗对于自己族群见面中闻嗅对方生殖器的行为开始有了困惑。

“为什么要闻嗅对方的生殖器呢？”黑狗慎重地思考着，它是不轻易放弃对问题的思辨的。

为了验证这样的行为，它特别有意走到狗族群聚集较多的地区，在不被人豢养，还具备比较纯粹的狗性的流浪狗之中去做了实际的观察。

是的，黑狗发现越是远离人的生活的狗，越是显露出明显闻嗅对方生殖器的行为。它们在碰面之后，略一凝视，很快就互相钻进对方的胯下，以深情而眷恋的方式闻嗅着对方的下体，在辨认完器官的气味形式之后，它们或者摇摇头离开，或者很快就气喘吁吁地爬上去性交起来了。

“它们急切地要让自己的族群可以繁殖延长，可以扩大成更强势的族群吧。”黑狗悲悯地这样想。

然而黑狗也哀伤地发现自己似乎与伊卡相处太久，已经失去了那样急切地闻嗅对方生殖器的欲望。

“其实，关键在于人类穿起了衣服。”黑狗很高兴自己找到了论证的重点。“人类的生殖器被覆盖在衣服下面，因此，他们很难辨认对方的性别。”

黑狗想象两个人类碰面之后，钻进对方的胯下，像狗一样闻嗅彼此的生殖器的画面，忍不住捧腹笑了起来。但是它很快就停止了笑，把自己的前蹄从肚腹上移开，它有点自责地问自己：“我怎么习染了这么多人类的动作！”

事实上，没有几天，黑狗就陷入更大的困惑与矛盾之中。

当它逐渐闲逛到城市比较富裕的区域，它遇到许多“狗”，它们在长期受人豢养之后，已经几乎完全习染了人的表情和动作。它们绝不低俗粗暴地闻嗅对方的生殖器，它们骄矜地走在城市繁华的街道上，和它们的主人一样，有一种城市新兴富有者的悠闲与自信。

“它们都已经结扎了——”有一天黑狗听到一个主人这样骄傲地向他的朋友介绍他所豢养的几条狗，它才了解了它们不闻嗅对方生殖器的另一个可能的原因。

黑狗或许是流浪疲倦了，过了几天“寻找定位”的迷惑日子，它终究还是回到伊卡的居所去了。它也觉得，有关自己认同上的困惑，或许是注定没有希望获得解答了吧。它也很想尖锐悲情地叫几声“我是狗”以表示某种说不出的辛酸，但是，它似乎有点哽咽，竟然无法发声。

二〇一五年五月十五日

独白

法官们聚集在一起，表情严肃。他们首次开始详细研讨关于岛屿上原有猎人的族群文化。

岛屿多高山，自然有许多部落是依赖捕猎野兽维生。部落酋长或勇士一向在身上装配山猪的牙齿、头冠上插鹫鹰的羽毛，甚至披野熊、云豹的皮毛，都有炫耀的意义，表示在与野兽搏斗时的勇敢无畏，勇猛足以担当优秀的猎人。

部落艰难生存的记忆慢慢消失了，早在一百年前，日本的统治就试图改变这些盘踞在高山上的部落猎人的生活方式。他们被认为是“危险的猎人”，手中握有武器，有嗜好杀戮斗争的基因。

许多部落被迁移下山，弓箭长矛弯刀缴械，猎人失去武器，失去猎场，坐在平原盆地上发呆，看着日复一日的落日，想象高山上同样彷徨的云豹野熊。“没有猎人，野兽也会寂寞孤独吗？”一个老猎人迷失在城市东区，询问每一个路过的人。他固定出现，重复询问同样的话：失去猎人，野兽也寂寞孤独吗？

东区警察所自然有这老人的列管资料。他是游民，也有轻度精神分裂的幻想症候，然而“并没有暴力倾向”。

法官们研拟修法，重新恢复岛屿上“猎人”的职业。

夜郎

最近比较有趣的事是关于“夜郎自大”这个成语的一些争论。

不知道为什么，在岛屿上，以讹传讹，“夜郎”变成了“夜晚的男子”的意思。在青少年之间，大家便很自然地吹嘘起“夜晚的男子”如何“自大”的种种与性的夸耀有关的俚语。

一名长年教授国文的先生因此极为愤怒。他最初只是以读者投书的方法，在报纸不很受人注意的地方披露了关于“夜郎”真正的典故来源，引用了一些史籍，也当然很慨叹地表示了他对现今文史不彰的现象痛心疾首的心情。

但是“夜郎”这个名称，并没有因为这位教授的辨正，纠正了在大众间逐渐传衍开来的错讹说法。许多分类广告中就赫然看到以“夜郎”招徕生意的文字，而且大家也都逐渐习以为常，没有任何疑义。当整个社会大众都接受了“夜郎”的另一个意义时，那位教授指正的典故出处就完全被湮没了。

这是一位现今已很少见到的有风骨的教授，他为他的真理坚持写了一篇很长的《夜郎考》，指出夜郎这一历史古国所在的位置，指出它与当时大汉帝国的关系，也指出了它因为“自大”而招致的亡国命运。教授携带着这篇文章，从城市最繁华的商业区的一栋十七层的大楼跳下，当场便殒命了。

那篇“夜郎考”被血迹所染，其实并没有很认真地被阅读。一些赶跑新闻的媒体记者，在匆促间，误会了一些细节，竟然有一家报纸的社会版第二天出现了“夜郎跳楼自杀”这样的标题。

是什么原因使伊卡对“夜郎”这样的报道发生了兴趣，他自己也并不十分清楚。他倒是注意到了“夜郎”作为一个国名的资料，“YELANG”，他用自己部落的语言读了一下，觉得和自己的母语竟然有些相似，也许就因为这样的原因吧，他竟然幻想起一个在历史上微不足道的小国，仿佛在万山环抱之间，过着平静、与世无争的生活，对群山以外的世界所知很少，似乎正是因为这样的，“夜郎”触怒了当时非常有野心的大汉帝国，便举兵征伐，一下子灭掉了这个后来在历史上就不见了的小小国家。

伊卡在他小小的铁皮屋里，贴满了和“夜郎”相关的剪报，其中有教授的投书，也有许多用“夜郎”来经营色情的广告，伊卡还画了一张很漫画的图像，一名举着巨大阳具的男子，穿着一件 T 恤，T 恤的胸前便印着两个大大的汉字——夜郎。同僚们一时间就取笑了伊卡。他们当中的确已有数名新来城市的谋生者，一时找不到工作，便依照报纸分类广告的指示，联络到了一些征聘“夜郎”的场所，以他们健壮纯朴的身体满足着城市中渴望着性的欢乐的女子或男子。

“不是啦，‘夜郎’原来是一个国家啦！”伊卡也向他的同僚们这样解释，并且尝试用他觉得很亲切的发音念给大家听：YELANG——

同僚们便更为放肆欢乐地狂笑嬉闹了起来，他们不能想象一个国家都是“夜郎”这样荒谬可笑的画面，便每人假装举起巨大的阳具，在伊卡的小屋中彼此追逐调侃游戏了起来。

入夜以后，伊卡和他失眠的黑狗，坐在暑气还未散尽的铁皮屋顶上，看着城市远处闪烁着各种颜色的霓虹灯。

伊卡和他的黑狗，其实都并不真正能够了解一个“国家”建立或者被消灭的任何意义。“岛屿”或“城市”对伊卡来说是比较具体的，如同“海洋”、“河流”、“山脉”、“天空”。他无端想念起那个叫作“夜郎”的国家，“如果它真的是一个国家——”伊卡在心里盘算着：“它是不是和我的岛屿一样，有弯弯的河流，有一座接一座的山脉，有晴天时湛蓝的天空……”

因为一种不能解释的忧伤吧，伊卡和他的狗都失眠到了天亮。

二〇一五年五月三日 独白

我将如何寻找岛屿与自己的历史？

我在意自己居住的岛屿的历史吗？

夜郎是一个真实存在过的国家吗？

夜郎如何自大？

我看过云南一带古滇国的青铜器，在晋宁石寨山出土。时间相当于汉代，却与汉代文化完全不同。石寨山的铜器有尖角的野牛，人物断发文身，很像伊卡。铜器上也有俘虏，捆绑在短柱上，似乎正待宰杀祭祀。夜郎是这样的文化吗？

很让我迷惑的青铜雕塑，像一座一座的铜鼓。

为何这些铜器总让我想到“夜郎”，想到彷徨在许多山口回不了的猎人的后裔。

如果，夜郎真实存在过，他如何被消灭了？夜郎是一个国家吗？或者只是部落？

夜郎自大，应该是一个嘲讽的词语吗？或者，夜郎只是满足于自己存在的一个小小部落。

夜郎不知道，它将被消灭了，但是这些，对头脑简单的伊卡或他的黑狗，都深奥复杂，难以理解。

有一点没错，伊卡的家乡的确很神似“夜郎”。

扶桑花

在陆续老去的花朵中，他忧伤地凝视着那新开的蓓蕾。不知道如果季节仍旧这样流水一般逝去，凝视或不凝视，忧伤或不忧伤，又有什么差别。

他说：你是一个美丽的女子。

女子有些腼腆，便用大朵的红色扶桑花遮住一只眼睛，浅浅地微笑着。

如果依照岛屿最初的传统，这男子应该以近于吆喝的欢呼与叫声来歌赞女子的美丽的。然而，长久以来，岛屿道德的败坏，使这男子有些犹豫迟疑——他刚刚从东部的大山部落来到这北部的城市，他决定要努力学习这城市优雅含蓄的道德。

城市男子对女子的赞美非常奇特，当他第一天来到城市繁华的地区，和一只狗蹲在一起，看街上来来往往的美丽女子，他就已经发现，城市里的男子已经不懂用肺腑中最深的吆喝歌唱来赞美女子了。

因此，当那只狗吠叫起来的时候，他有些讶异。他向这陌生的狗看了一眼，心里想：我们是来自同一个部落吗？

狗的吠叫使女子回过头来，有些嫌厌愤怒地说了一个字：狗！

他还是有些惊讶，因为通常这个时候，女子都习惯用一朵大红的扶桑花遮住一只眼睛，腼腆而多情地微笑着。

他发现女子脸上嫌恶的表情，就明白了狗的吠叫或男子的吆喝，都已经无法使一名城市女子感动了。但是，他还不能判断那女子说的“狗”那个字，是不是有侮辱或贬损的意思，因为，对一只狗说“狗”，其实也只是事实的陈述而已。

几天之后，他在部落同乡的聚会中认识了伊卡，伊卡喝了一些小米酿制的酒，借着酒意，就用美丽的吆喝的叫声向街道上行走的女子赞美着。然而，他痛苦地发现，每一名被叫声赞美的女子，都用极其嫌恶的表情回过头来，愤怒地对伊卡骂道：“狗！”

他于是确实了解到，城市道德与家乡的不同。

他是一名上进的青年，他决定要努力学习城市男子的道德，学习一种尊严，不再被视为是狗的族群。虽然之后伊卡完全崩溃了，醉倒在地上，吐了一地的秽物，并且号啕痛哭着。伊卡像婴儿一般哭泣，他哭着说：“一个男子是不能赞美一个女子的吗？”

他有些鄙夷伊卡的任性撒赖，但是，他还是搀扶他回家。两个人踉跄地走在城市夜晚荒凉的街道上，到处都是孤独的狗在流窜，翻倒巨大的垃圾筒，寻找被遗弃的食物。

他也看到一些美丽的女子，在街道的尽头，穿着闪光的衣服。她们也仿佛腼腆地微笑着，和每一名经过的男子含笑招呼。

“只要一朵扶桑花——”他心里这样叫喊着：“只要一朵扶桑花，她们就完全像家乡的女子了。”

但是，城市里似乎早已没有了扶桑花。倒是许多名男子走到路的尽头，和女子用偷窥的眼神交换意见，然后，男子就从口袋中掏出一张白色的标签，在上面注明了一个数字，用来贴在女子的额上。

“啊！多么奇怪的赞美方法啊！”他有点惊喜地发现自己终于学习到了城市男子赞美女子的秘密。

女子的胴体在月光下那还是美丽的，在季节如流水一般消逝之后，老去的花朵虽然使他异常忧伤，而新开的蓓蕾仍旧在他的忧伤中开了又开。

他害怕伊卡醒来，又要用吆喝的方式叫起来，便匆忙离开了路的尽头。他牢牢在心中记住，这城市男子在女子额上贴上标签，写上数字的赞美方式，他想：一定要尽快学会城市的道德，并且也要教会可怜的伊卡。

但是不知道为什么，他回头再看一眼那妩媚的人影时，还是有些遗憾，他想：为什么少了一朵扶桑花？

二〇一五年五月三日 独白

厨师在汽车旅馆做什么?

关于岛屿新近关切的新闻竟然是:厨师在汽车旅馆做什么?

出名的厨师,常常戴着白色高帽子,围着裙兜,手里拿着一瓶什么酱料做食品企业的广告。

广告的食品出现问题,厨师的专业被质疑,这是无辜的,因为岛屿各种形形色色的广告,卖房子、卖冷气,卖阴宅,卖沙拉油,卖运动器材,不一而足,其实也都一样没有专业,找电视名嘴代言,当然无专业可言。单单要求厨师,并不公平。

厨师被要求下跪道歉,媒体日日追杀。或许压力太大,不多久就传出厨师跟女子进汽车旅馆的照片。

新闻集中探讨:厨师在汽车旅馆做什么?

厨师在那里当然可以做很多事,包括烧菜。我想起一道名菜,用猪舌细丝与猪耳朵丝绞缠的凉拌菜,调成酸辣,放一点麻油。这道菜有非常俏皮的菜名,叫作“悄悄话”。

所以厨师当然是在汽车旅馆教女子做菜,做一道需要费刀工的“悄悄话”。

例如,新近某“总统候选人”到美国接受“面试”,也类同“悄悄话”。

岛屿的故事都必须用许多联想,都比当下许多小说更好看,否则是完全读不明白的。

据说，沿着这样脏臭的河流走去，
就可以看到最早升起的今年最圆的月亮。

月圆

月圆之后，城市的繁华，好像介于人影与鬼的魂魄之间。许多闪烁的灯光，许多逡巡躲闪惊慌的眼神，许多苍白而漠然的脸，许多没有表情的五官。

沮丧或厌世者在城市繁华的角落，蜷缩在陆桥或者地下道的一角，向匆忙过往的城市居民投注他们彷徨绝望的眼神。

那头发粘连如饼的妇人，皮肤上都是脓癞的疮疹，她拍地掩面痛哭，她常常像无依靠的孩子一样捶胸顿足，路人匆匆捣着口鼻走过。

其实没有太多人听到这城市月圆后的哭声。

新兴的中产阶级，在贪婪地占有土地财富之后，开始以低俗粗暴的方式抢夺政权。

“它们一定要彼此这样撕咬吠叫吗？”伊卡不解地看着两只相斗的狗，有一种不能释怀的哀伤。

然而城市的贫穷者也在彼此厮打吵骂着。他们手持削尖的木棍，从高高的河岸堤防上冲下去。他们打碎了另一个贫穷者的头颅，他们戳刺着另一个贫穷者的肚腹：贫穷者残杀着贫穷者。城市的富有者，在各个角落夺取政权之后，唆使着贫穷者与贫穷者更凶恶地彼此追打残杀，使城市低卑的生存者终日如狗一般撕咬和流窜着。

“不，我从来没有爱过这个岛屿。”抢夺政权者一再质问，那忧伤的沮丧者只好站起来，很诚实很慎重地回答说：“不，我从来没有爱过这个岛屿。”

立刻四周响起了一片尖锐刺耳的狗的吠叫。

“滚！滚！”那些抢夺政权的人义正词严地批判着：“那么，你立刻离开，离开这里。”

“为什么？”那仍然忧伤的沮丧者悲悯地看着那些质问的五官，他说：“我从来没有爱过这个岛屿，这个脏臭、腐烂的岛屿，这个贪婪而且永不餍足的岛屿，这个人屠杀人、践踏人，仿佛践踏狗一般的岛屿；我是一个沮丧者，我为什么要离开。”

其实，刚刚暴发的中产阶级，在急速补充知识与教养的短短时间中，是完全听不懂沮丧者的逻辑的。他们面面相觑，希望从他人的表情中得到一点暗示。

然而，月圆的夜晚，沮丧者和厌世者在如坟场的城市特区里，用纸箱套在头上，相拥而眠了。

人们沿着堆满垃圾的河流走去，垃圾中腐烂的食物散发着恶臭。据说，沿着这样脏臭的河流走去，就可以看到最早升起的今年最圆的月亮。

“一条脏臭的河流，一条被城市贪婪的欲望毒杀的河流——”沮丧者在梦中犹自喃喃着。

伊卡并不十分喜欢沮丧者的偏激。在月圆的夜晚，他倚靠着城市一个落寞女子的乳房，想念起家乡的河流和家乡的月光。“其实，河流和月光都可以澄澈清明——”伊卡这样想：“因此，只有城市里有这么多的沮丧者和厌世者。”

厌世者开始计划以绝食的方式大规模死亡时，城市新兴的中产者有一点惊慌了。他们立刻意识到这样大规模的绝食计划将影响到整个食品经济的平衡。大量被制造的食品，在市场上被囤积，逾期不能销售，造成食品业一环扣一环的相继倒闭，终于威胁到大盘以上操纵整个食品经济的中产者。

厌世者在绝食的奄奄一息中拖延了很长的时间。他们发现，绝食并不是一种可以快速死亡的方式。特别是因为比沮丧者更深的厌世，他们早已放缓了体内各种机能的分泌，因此，虽然他们长期以来都奄奄一息，却维系着如游丝一般的一线命脉，不容易死去。

月圆的夜晚，那些厌世者便在堆满了腐烂食物的广场，微笑着，继续进行他们无声的革命。

二〇一五年五月六日 独白

食品卫生一连串的出问题，使城市的沮丧者、厌食者意外逃过了一劫。

从食用油与工业油的混用，到各类防腐化学药剂的过量超标，使岛屿居民惶惶不安。

每个人见面都相互询问：还有什么可以吃？

毒米，毒油，毒面粉，毒豆干，毒茶叶，有毒的牛、猪肉，含辐射的鱼和海产，有毒的洗衣精、洗发精，含辐射的钢筋，海砂修住的屋子……

大家都在问：究竟还有什么可以吃？还有什么是无毒的？

厌食者微笑着，看着岛屿居民的惨怖惊惶，他长期厌食地活着，很瘦，赤裸裸坐在树林间，腰部一圈树叶，“疯子！”走过的人都这样说。然而他活着，竟然仿佛嘲笑着岛屿努力嗜活者一个一个的猝死结局。

秋水

她觉得愉快，是因为这淡荡的秋天的水和秋天的阳光。

夏天快要过完的时候，阳光非常亮烈。在那样亮烈的阳光里，每一个人都觉得遗憾；遗憾到要叫起来，好像激情变成了一种痛苦。

城市里的人其实是不容易知道夏天的亮烈的。在城市里，阳光被四面八方的楼宇割裂成破碎的一小块一小块。亮烈的阳光被囚禁成一种苦闷的燠热。

“他妈的夏天！”他们擦拭着黏腻的汗垢，这样咒骂着。

然而，距离城市不远的河口，就有大片大片仿佛黄金的阳光，可以铿铿锵锵地摔响，人们走过，就像走在透明的金黄里。他们昂首灿烂地微笑，“好一个发光的夏天！”他们这样想。

因此，亮烈的阳光，到了最后几天，那些走在金黄中的人们，都有一些痛苦，他们仍然昂首面对金色的阳光微笑，但是笑声中有了哀伤。

伊卡在开满野姜花的溪流里，替母亲浣洗黑而浓密的长发。

“好像水中的水草——”

伊卡让自己的手指停留在随水流去的发丛中，一绺一绺的长发，也很像一种灵活的鱼，在水流中纠缠荡漾。

母亲则微笑着。她平躺在溪岸浅滩的岩石上，让头发漂流在清澈的溪水里。她的微笑的脸，她的微微颤动的合起的眼睑，她的向后微微仰起的颈项，她的平缓呼吸起伏如山脉的胸部和乳房。伊卡轻轻在水中梳理着母亲的长发，她咏唱起部落的歌曲、赞美女子和赞美神的句子，仿佛母亲洁净的皮肤上流淌过的洁净的溪水，淡淡荡荡，是一片一片金色的阳光，琤琤琮琮流下去。

“秋天的阳光比较安静——”

当伊卡问起母亲微笑的原因时，母亲想了一想，这样回答。

她坐在一块平坦的岩石上慢慢梳理自己的长发。她看到伊卡在溪涧中的石块间跳跃，小小的臀部好像饱满丰硕的果实，她说：“伊卡——”

伊卡回过头，咯咯笑了一回，又继续在石块溪涧纵跃奔跳。他觉得母亲很远很远，好像在山水中间，成为风景的一部分，好像岩石，好像大山，又好像溪水。

岩石、大山和溪水都一起叫唤：“伊卡——

母亲则的确感觉到秋天的水和秋天的阳光，淡淡荡荡，有一种娴静，也是金黄的，但是很沉清、澄明，一点也不喧哗。

她可以闭起眼睛，感觉到一寸一寸的阳光，在她额上、眉眼之间，随着一种喜悦的微笑，慢慢移动，慢慢消失。

她无端想起男人，那些从城市里来到大山间的男人，从陌生、惊慌、胆怯，到逐渐也可以脱掉鞋袜，在岩石间奔跑纵跳，并且笑得和阳光一样灿烂。

“他们是从城市来的男子，他们分派到这里服军士的役务。”有一次她这样向伊卡解释。

那些苍白、胆怯、戴着圆圆眼镜的城市男子，露着有一点惊慌紧张的眼神。

“没有多久，他们就会改变，他们会知道这可能是他们一生中唯一一次美丽的假日。”母亲侧过头，和伊卡解释着。

“为什么？”伊卡仰起头，看到母亲淡荡的微笑的脸上有一些泪痕。

母亲不曾在伊卡面前掩饰过什么。她想起五六年前那一个从城市来的男子，白白的脸，腼腆的表情，她想起那男子瘦削似乎还未发育完全的身体。那躺在她的胸前，仿佛仍如索乳的孩子一般有一点饥渴，有一点喘息与悸动的孩子。

“你的军事役务只是一个离开城市的美丽假期吧！”母亲这样和城市里的男子说。那男子逐渐在大山间增长了壮硕的体格，皮肤黝黑，他望着这山水间的女子微笑着。他以后回到城市，还是在匆忙的工作中偶尔想起那女子的美丽，仿佛秋天的水和秋天的阳光，淡淡荡荡。

二〇一五年五月五日 独白

在东部的纵谷，从花莲向南，经过瑞穗、玉里、富里、池上、关山，他闭着眼睛，想象服役结束，那一次漫长的旅程。然后是从南再绕道西海岸回家。

他不记得女子的面容了，在都会的科技公司忙得无日无夜，然后有一天，右胁胀痛，医生诊断是肝癌末期，他在白白的病房里忽然想起服役那一年纵谷的阳光。想起一个女子的笑容，想起她黝黑赤褐色的胸膛，柔软而有点凸起的小腹。“你的军事役务只是一个离开城市的美丽假期吧！”女子若有所思，像是喜悦，却带着忧伤。

“打电话给我！”男子说。

“来找我！”男子说。

她只是微笑着，在男子瘦小的怀抱里，她仿佛听到整个大山月圆时的呼唤：伊卡——

岛屿南端

在阳光里泅泳，好像时间延长成一种很长的记忆，足够一生一世反复咀嚼回味。

岛屿最南端的角落，因为有比较长的日照，在北部已经为秋天的云影笼罩时，仍然明亮如夏天。而且，因为乌黑浓厚的云都北移了吧，这南端的角落反而是更为澄澈透明的。澄澈透明的蓝色，使人觉得可以愉悦到发笑的蓝色的天空和海洋。

岛屿南端被海洋环绕的一个突出的半岛形状的海岬，大部分的高山在这里都逐渐平缓它们陡峻争高的奇险姿态，有点像最美丽的女子的颈部柔和的线条，非常轻缓的逐渐斜向海洋。海洋也以和缓而不断的节拍轻轻迎接着岛屿的土地，“亲昵如性爱中的伴侣——”伊卡这样想。

仿佛因为海洋的富裕，土地也产生了热烈的繁殖，在岛屿南端日照最长的半岛上，生长着肥大而健康的植物、昆虫、禽鸟。

禽鸟野悍地捕捉四处蔓延的昆虫，常常可以看到低低掠空而过的一种鹰类，甚至抓起窜奔甚快的野鼠，急速升高，把野鼠从高空上摔在附近岩石的山冈上，然后静静停栖下来，静静看着那摊成一堆的野鼠的尸体，既无自傲，也无悲悯，鹰类只是冷静地窥伺着自己的猎物。

长蛇在盛开的花朵间游走，它们斑斓闪烁的身体，如花一样艳美华丽，仿佛一种夏日的渴望饱熟到成为有毒的气味。它们又是特别安静的，美丽和一种致命的死亡，使它们来如君王，去如鬼魂。

琼麻是一种仿佛剑戟的植物，以全部尖锐不妥协的方式活着，抽出很高很高的花茎，在蓝色的岛屿南端，到处都看到琼麻花繁殖的欲望。许多的蜻蜓，在雨前雨后飞在空中；许多的蝴蝶，在每一朵花中钻动，使一个夏季的生命都有了结果。

刚刚出生的蝎子，很努力地螫住一只蜥蜴，它们头尾相衔，都要置对方于死地，伊卡静静看了一会，就走开了。

午后暴雨顷刻使整个天空从澄蓝变成乌黑，一种闷闷的雷声在云块中翻动，海洋如死，而后雨声来了，沙沙沙追过所有的雀榕和木麻黄，追过大片大片炙热褐黄的沙地，泥土中翻腾起一种新鲜的土腥气，仿佛新斩杀的牛的肉体，一种热腾腾的饱熟的气息，是古代杀牲献祭中的气味吧，使人亢奋、悚惧，使人惊讶于生命原始中的洁净、纯粹。

“我七岁就在这片海洋中泅泳了。”他笑着说。一个纵跳，窜跃进狂风暴雨中的波涛。

许多岩礁形成一片海岬。礁石之间不断有海浪涌进退出。漂浮的海草，紧紧攀爬在岩石的隙缝之间，于是，它们随着水潮的涌进退出，泼洒流动着如女子长发一样的身体。

礁石非常锐利，加上蔓生着海蚵和贝类（它们的壳也都尖硬如刀），行走在上面，一个闪失就鲜血淋漓了。

但是，他迅捷如一头豹子。

他从浪中窜跃而起，他大声向岸边叫道：“伊卡——你多久没有来岛屿的南端了……”

其实，暴雨是非常快就过去了的。几乎可以用肉眼看到一大片带着浓厚雨量的黑云，迅速在天空上移动，移动到海面，移动到更远的山头，于是，在大雨中被冲刷的身体，一身仍滴着水，天空已经晴了，热烈的阳光和蓝得更透明的天空，都使这个人觉得刚才似乎只是一个梦，但是，身上又的确湿透了，还滴着水，他于是只好摇摇头，告诉自己方才并不是一个梦。

听到一种嘈杂的声音，伊卡看到岸上马路有挂着奇怪牌子的车走过，伊卡说：“好像要选举了——”

那男子又纵跳入海。“他真的像他说的，有一个夏季，在深海里活活咬死了一头鲨鱼？”伊卡觉得这是一个不可思议的故事。

二〇一五年五月六日 独白

我想起岛屿最南端的龙坑，在嶙峋的礁石间攀爬着野生植物。

巨浪滔天，澎轰震耳欲聋，整块土地像要被掀翻，使都市琐碎的声音变得虚浮无力。

他骑重机车，到了龙坑，看到我说的少年的魂魄。他传简讯给我，说："死去许多世纪，那少年的魂魄，他还在，在晴日的空中爽朗歌唱。"

如果岛屿还有南端，会不会是最后一道救赎？

许久流传的关于"南岛"的传说，是在岛屿南端还留着最后一点不肯逝去的魂魄吗？

枫香

有一片叶子飘落了，那狗便追上去，狂乱地吠叫扑咬了一阵。

为了修建一座城市，原来生长茂密的树林大都被砍伐了。在没有这座城市以前，有两条重要的河流蜿蜒流过，河流的两岸都是巨大的树木；河流流过的地区是一个比较低洼的盆地，盆地四周则是一圈高高低低的丘陵，丘陵上也都是树木。

没有人相信，为了建造一座城市，会把河流两岸和丘陵上的树几乎都砍光了。最初是为了盖房子，供人居住，后来似乎是为了开马路，使更多的车子可以笔直的行驶，于是，树都被砍掉了。

当城市中的人发现没有树之后，空气似乎很坏，开始怀念有树的景象，便又努力保护着那仅剩的几棵树。

城市的管理代表为了树的问题开了很多会议，他们决定加速补添种植新的树木，使这个城市恢复原先绿意盎然的面貌。

但是，树似乎不愿意生长了。

当一排新种植的枫香，在短短的一星期内迅速垂萎死亡时，由城市各政党代表组成的委员会开始惊慌了。

激进的在野政党一般的思维逻辑大都从官员的贪赃受贿开始。于是，他们调查了培育树种的研究机构，询问了有关枫香的生长，从育苗开始到成林的过程，在了解每一个细节之后，却没有找到任何中间克扣育种经费的嫌疑。特别对官员品德有重大怀疑的那位代表甚至拉起枯死的枫香，细细察看了树根部位；经过地位中立的植物学术机构的分析解说，连枫香的根部生长都完全合乎正常的状况。

“所有植物学上的机能，都说明这些枫香应当长得繁荣茂密。”植物学的专家做出了这样的鉴定结论。

“结果它们都枯死了！”脾气急躁的激进政党的代表愤怒地指着那一片枯黄的枫香，瞪着长久没有睡眠的眼睛，指责地看着低头无语的官员和沮丧的植物学专家。

“是的，它们都枯死了。”植物学的专家觉得应当秉持他科学的理念，很严肃地回答说：“但是，所有育种和移植的过程都没有错误。”

“没有错误！”那位激进党派的代表咆哮了起来，他用力踢了枯死的一株枫香一脚，忍住脚尖的痛，仍然大声叱责着：“你要我像纳税的选民解释：我们的官员在政治上没有错误吗？”

植物学专家推推鼻梁上的眼镜，仍然用非常理性而稳定的声音回答说："代表先生，我是说：在学术的专业领域我们没有发现错误。"

"他妈的！"那位代表痛恨极了学术，因为"学术"总是在重要的政治事件中找不出错误。一条长长的城市中的捷便运输系统，一再发生危险的出轨，但是许多被征询的学术机构几乎都是一样的结论：找不出错误。

官员很快提出了辞呈，他其实是勇于担负错误的行政责任的，虽然他还是不了解枫香在一周内全部枯死的真正原因。

贪赃、受贿、卑劣下流的诬陷与政治斗争，仍然众所周知地在这个看来日趋繁华的城市中蔓延着。

然而，枫香的死是与这些政治现象无关的。

植物学家在心情沮郁的时刻，偶然会想起属于生物界自我毁灭的现象。他踽踽独行于一排枯死的枫香树下，他仿佛听见了死去的树木间的低语，那在刚刚入秋的季节中一种低郁而不快乐的声音。

"如果我们集体死去，会不会引起整个城市的惊慌？"

有一个夜晚，那些原来应该茂密繁荣的枫香，忽然这样低低私语起来，决定了用集体死亡的方式给城市一种"惊慌"。

"惊慌"并没有警告的意思，也不是预言，只是对存在安逸的一种质疑吧。

在枫香之后，军役中兵士的陆续死亡又成为城市中新的惊慌了。

二〇一五年五月六日 独白

为什么服役的兵士也陆续死亡了？

他们有的在出操时死亡，班长立刻被隔离审讯，不同党派的立委轮番质询："还在用威权时代的操练吗？"

班长吓呆了，他完全无法站直，他面前的一位立委挺着胸膛，口沫喷到他脸上。

质询一名可怜的班长，当然不是这以凶悍出名的女立委真正的目的。

她转过头，对着所有电视的转播摄影机，尖锐地说："这就是我们的'执政党'，这就是我们的'总统'，如此草'管'人命。"

立委的助理低声提醒："草菅人命""尖——"

女立委停顿一下，她听到"奸"，一时混乱了质询主题，想起军中一件"奸杀"的旧案。

媒体恰好关闭摄影机，女立委收起表演的表情，和蔼点头微笑，然后快速离开，赶赴下一场约会。

没有人知道，为何士兵陆续死亡，在餐桌上，在厕所，在睡眠中，在给家人传简讯的同时，突然倒下，死亡。

就像城市的枫香树，好像约好要给岛屿一点惊慌。

他沉潜到最深的海底，在嶙嶙礁石之间，
在鬼魅般的贝类生物和
甲壳类生物之间，他沉潜着……

领域

在岛屿四周的海域，大群繁殖的各种鱼类，彩色斑斓，使深邃幽暗的海洋，仿佛一座华丽的花园。

他沉潜到最深的海底，在嶙嶙礁石之间，在鬼魅般的贝类生物和甲壳类生物之间，他沉潜着，好像婴儿沉眠在无记忆的状态，没有梦，没有往事，没有联想，也没有牵挂。

他甚至不知道在岛屿四周巡弋海域的意义，虽然，严峻的长官不时告诉他有关巡守疆土的重责大任。

“我在最深最深的海底，但是，我接触不到海，我仿佛一条鱼，被装置在真空的透明箱中，然后再把箱子沉入海底。伊卡，你以为，这条鱼，还算在海中吗？”

伊卡阅读着那工整的文字书写下来的句子，他和身边的女子说：这是一个奇怪的小子。

女子并没有回答，仍然沉湎在她自己的发呆之中。

“他说，他的潜艇在岛屿四周巡弋了一个月了。”伊卡想象着一条鱼在透明密闭的箱盒中浮游于海底。

“我睡眠的空间有三十几公分高——”他这样叙述着。“我甚至看不到海，大部分时间是在真空的黑暗中，我必须完全依靠听觉来判断海洋的变化，来感觉海洋，感觉海洋深处的无限温暖、无限宽广和无限恐惧。”

伊卡其实不了解这个被称为“小子”的朋友。但是他喜欢阅读这个“小子”从不知名的各个角落寄来的信，用很工整的字迹写成许多读起来似懂非懂的句子。

“他很孤独吧——”女子把信丢回给伊卡。

“是吗？”伊卡还是不能判断。他不了解“小子”在青少年时代为什么那样优秀，几乎是部落少年们的英雄，包括他的俊美，他在打球时神奇的体力和技术，包括他君王般的气度，包括他醉酒后美丽的歌声和他沉酣中婴儿一般的面容。

“每一位女子都想把那样沉酣的少年的俊美头颅搂抱怀中啊——”

“而且——”伊卡说：“他似乎也轻而易举的进入城市，进入最有名的高中、大学——”

“那他怎么会跑到潜艇上去？”女子问道。

“为什么？”伊卡摇摇头。“不知道。”

没有人知道“小子”为什么在大学二年级读完，忽然离开了大学，失踪了一段时间，以后伊卡就接到他从不同地方寄来的信件。

“我不能了解巡守疆土的意义。我甚至——无法认识长官口中所说的‘国家’。然而，我在岛屿最深的海底，被许多许多海流包围着。我几乎可能用越来越敏锐的听觉知道它们的秩序、节奏。它们也清楚的让我进入它们最深的内在，纯粹、透明，非常有纪律。它们回环着岛屿，它们从地理的意义上深爱着岛屿，彼此依靠着。你知道，伊卡，海洋上的岛屿，事实上，只是一个被掩盖了大部分领域的一些突起的部位，你应当看一看海洋覆盖下真正的岛屿，它其实是一片大地。”

伊卡恍惚记忆起“小子”愤怒过，在初入大学不久，诅咒着他的大学，颓丧地说：“那里聚集着对自己生命最没有要求的一群人——”

“然而，他还是不快乐的，他还是要听他的愚蠢的长官说‘国家’‘保卫疆土’这些他觉得迂腐空洞的话。”女子打断了伊卡的叙述。

“我在电脑仪表板上看着密如天上星辰的纪录。我们的方位，我们行进的速度，我们深入海底的寻码。科技使我一一阅读着海洋，阅读着我们一直觉得深不可测的领域；而且，它们那样接近我真正的心事。它们是知识，又是一种智慧，甚至也是一种道德和一种审美。我闭起眼睛时，那些仪表板的纪录就变成我内在的纪律、秩序，和心跳和脉搏完全一致，静静地带我穿越宇宙中最深的领域。伊卡，我的巡弋，不是为了长官口中的国家或疆土，我巡弋着自己生命的领域——”

二〇一五年五月六日 独白

我还有生命的“领域”吗?

那只曾经吓到P教授的猕猴也开始思索生命“领域”的严肃课题了。

据说，许多动物的领域是用嗅觉建立的。例如狗，便靠不断排尿建立嗅觉的辨认系统。许多动物对嗅觉记忆敏锐，也靠嗅觉找到食物或构建防御的严密网络。

人类丧失嗅觉敏锐性已经很久了，人类的领域感便要依靠其他的能力，如同国家的国防系统，多建立在武器上。

个人其实也用各式各样的方式防御自己，用语言或文字攻击他人当然是防御的一种，心理学也早有验证，越是没有安全感，防御心越重，对人的攻击也越频繁。如果不克制，当然也就是精神病的现象。

这种没有安全感产生的领域护卫，演变成日日对他人谩骂、攻击、霸凌，是潜藏在家族基因里的难以消除的症候，所以是遗传性的，从父母一代就有，延续到子嗣，年轻时通常不明显，一过中年就慢慢发作。

“药物可以控制吗？”忧虑的妻子问医生，希望有挽回的机会。

医生的回答异常奇怪，他说：“如果能恢复动物的嗅觉记忆。”

“嗅觉？”妻子忧心忡忡，不能理解这句话的含意。

医生像是喃喃自语：“嗅觉领域是多么安静自足的世界啊！”

在一个女星在网路上被霸凌自杀之后，媒体也开始讨论语言霸凌的精神症候群，但那名多年研究这一领域的医生却消失不见了。

他留下一张纸条，上面写着：“嗅觉领域是多么安静自足的世界啊！”

孑孓

在长久不曾改换的确定里，忽然渴望着一种对确定的质疑，渴望瓦解、不安、颠覆的，或破裂的过程；好像在泥土中的种核，很用力地把外面的硬壳撑开，可以探出好奇的新芽，去渴望乞求一种新的开始。

岛屿上居住的人，用很奇怪的一种仇恨的方式看待每一次前一个阶段的政权，好像种核内的新芽憎恨外面包裹它的硬壳一样。

硬壳是包裹、保护，是周密而牢不可破的防御；当然，也是拘束，是禁止，是永不可质疑的体制的确定与权威的绝对。

岛屿是一枚一直在破裂硬壳的种核吗？渴望破裂、渴望旧秩序的瓦解、颠覆，渴望进入一种茫昧混沌状态的无限可能。但是，岛屿又似乎太耽溺于这样的混沌。那刚刚萌发的新芽，在混沌的湿土中窜动着，寻找着光的暗示，寻找不同于泥土的另一种清明，它几乎要知道外面天空的明亮宽阔了，然而，它还是耽溺于刚刚经历过的破裂、瓦解、颠覆了自己以后诸多的不确定。它愿意是一枚永远在破解自己身体的种核，一枚有无限新生的渴望，却又永远不愿真正新生的种核。

一粒麦子若是死了，就结出许多麦子。岛屿上有许多古老犹太族裔的经典信仰者，他们也信奉这样的教谕。但是，他们大都不愿意是一粒死去的麦子，或者说，他们在昏暗的土地中使自己成了永远不死的麦子。

一粒顽强抵抗着死亡的种核，抵抗了死亡，当然，也同时抵抗了新生。

岛屿在整个夏季被一种疫病的蔓延困扰着。当夏季将要结束的时刻，疫病的蔓延趋势似乎开始平缓。孑孓们隐藏的水池、沟渠、沼泽，都经过疫病防治的单位喷洒药物处理。城市的四周常常可以闻嗅到一股强烈的制止疫菌繁殖与生存的气味。孑孓的大量死亡，也似乎使城市四周变得安静了。好像原来子女众多的家庭忽然少了笑闹嘈杂，人们都面面相觑，有一点说不出的怅然若失。

疫病最初从城市四周几个卫星般的社区开始流行，这些社区则是在城市高度繁华之后迅速形成的。城市的工商业和扩大以后的行政体系，需要大量的人力资源。许多农村与外县市镇的人口向城市集中。他们大都无法立刻购买或租赁城市中昂贵的住宅。于是就麇集在城市四周，形成了卫星状的社区分布，可以负担比较低的生活费，每天利用联结于城市和卫星社区间的几道桥梁，成为城市中的产业人口，黄昏之后，城市再利用这几道桥梁，把这庞大的人口输送到他们屯居的社区。桥梁好像几条通向心脏的脉管，在几年蓬勃的流动之后，很快就因为人口继续庞大而阻塞了，逐渐近于完全瘫痪。黄昏之后，城市的心脏四处亮起红灯，好像孑孓一样的人口阻塞在每一条出城的脉管上，他们希望繁殖，又希望死灭；他们盼望繁荣，又憎恨繁荣，他们很像疫病中的孑孓，依靠着人的血液蔓延着活跃的生命。每一次疫病防治的专业人员制止了一种疫菌，正在庆幸，很快就发现原来的疫菌已经转型，使原有的防治系统完全无效。

防治人员的额手称庆，和孑孓们的拍手雀跃，形成有趣的对比；似乎幸福的期待和诅咒从没有正式分开，因此孑孓和人类一样，在这小小的岛屿上交替着繁殖和死灭的永不终止的游戏。

孑孓们新近做了重大的决定，要在一张空白的纸上圈选一些疫病可以更快蔓延的代表。在秋末冬初的季节，岛屿逐渐有了寒凉的季节风，人们正在庆幸疫病的灾难将随气温的降低稍稍遏止，没有想到在平静的表面之下，孑孓们已经以完整的法治体系完成了它们的改组，以更新锐而且勇狠的一代作为执政代表，将在下一个夏季来临前，完成全面反扑的准备。它们是以战争的心情看待这次改组的，届时，全面的卫星社区的孑孓，都将一拥而上，使整个城市活跃于疫菌的繁殖之中，它们只需要一点人类的血液，就可以饫养成千上万的活跃的疫菌。

二〇一五年
五月六日
独白

孑孓们都有自己基因的记忆。

一般人对"记忆"最大的误解就是以为那是大脑的活动。其实不然，动物昆虫都有记忆，大脑不发达或没有大脑的生物也一样有深藏基因中的记忆。

嗅觉记忆是如此长久的记忆，一个蛤蜊死去几天，还会释放出强烈的嗅觉记忆。生物仿佛依靠着嗅觉记忆证明自己存在过、活过。人类的身上也还存留着嗅觉记忆，在极深的拥抱、深吻，在极深的性的交媾中都会释放原始的嗅觉记忆。

许多女子怀疑丈夫的不贞，通常是在交媾时发现有第三者的身体气味介入。"小三"是说那种存在却细微到不容易发现的小小气味吗？

所以孑孓对人类的反扑是从嗅觉记忆开始的，它们用极严密的嗅觉网络发动病疫的蔓延，让人类无所逃于天地之间。

在病疫蔓延的同时，岛屿居民继续吃喝玩乐，纵情于各种感官的刺激，然而他们的嗅觉和触觉都已远不如动物敏锐了。他们过度膨胀的大脑，大而无当，充塞着不实用的"记忆"废料，使他们在下一波生物演进的过程中注定了覆亡绝种的命运。而取代这种自许"灵长类"的自大生物的，竟然是孑孓，它们鄙视大脑，还保有最基本的嗅觉与触觉记忆。

宠物 I

日光明亮的早晨，必须用很多时间和每一个相遇的人说早安。拥挤而又讲求礼貌的城市，居民用一种近于仪式的社交方式来往。文质彬彬，却又能保持距离。如果涉及“早安”“谢谢”“再见”以外的话题，彼此都很警觉了起来。礼貌近似一种防线，防御着别人侵入这隐秘的心事领域。城市居民逐渐架构起了新的城市伦理：孤独、疏离，而又不忘礼貌与微笑的新形式的道德。

行走在这样的城市中，有一种喜悦，也许是有点像执政的城市政党宣传中常常夸耀的“文化品质”吧。但是，不知道为什么，也使人有一种哀伤，仿佛在逐渐定型的中产者的阶级品味中，嗅到了一种生命被豢养后的无奈，一种矫情的幽雅，一种仿佛被阉割了的人的温驯：究竟少了什么，伊卡也不能说得十分清楚。

其实狗还是在城市街道中四处流窜。好像比诗人与哲学家更像一种深思的动物，以敏锐而又洞彻生命的表情，踽踽独行于大街小巷。或者趁管理员不注意，溜进电梯，到十六层的顶楼，俯在阳台上，用忧伤的眼神看城市的黄昏落日，茫然地整理脑海中一片关于人类命运的结论。

人类的命运在忧伤的狗的脑海中被整理成诡异复杂的图像。

“是一种悲剧吗？”那刚刚跨下公共车辆的诗人这样谦卑地向一只狗询问。他或许只是关心诗在人类的命运中，究竟是一种诅咒，还是一种预言？他迫切想使一只狗进入一个诗人的思绪。

他比城市执政的党工更早一点知道：诗句无关于美学、无关于道德，也无关于拯救。

在城市新伦理急待于重建的时刻，他是唯一含着泪水向狗的沮丧致敬的城市居民。

“或许吧，我们还是可以和解的——”在阅读完北国一名叫作奇士劳斯基的导演十部有关于戒律的影片之后，他忽然思考起道德的真正含义，他于是大步走在街道上，和四处窜流的狗者相遇、微笑与拥抱。

狗对于被称呼为“宠物”这样的结局，也有近于愤懑的妥协。当街头的抗争与暴力诉求逐渐减少之后，“宠物”就成为新的伦理，快速在中产者的生活中流行了起来。

宠物的伦理包括一种阅读的方式，包括一种质地柔软的休闲服，包括去除了胆固醇和油脂的乳酪，包括性交的节制和细节的讲究，包括适当的职等的升级和薪资的调高，包括迁移到子女教育比较名贵的学校社区……

而且，宠物最大的信念就是不能再有“愤怒”了，（可以有偶尔的“撒娇”，但是分寸要拿捏得非常好，使主人略微发出“你被宠坏了”的嗔怨，却不能过分到使主人意图终止宠物的关系。）

当街头的野犬陆续被收编为“宠物”之后，城市才有了建立新希望和新秩序的伦理的可能。狺狺的吠声转变为低微的轻声细语，怒目而视的悲痛转变为柔情眷恋的妩媚的眼神；粗暴的、抗争的姿态转变为驯顺的，甚至谄媚逢迎的表情；城市的宠物伦理代替了很多岛屿旧有的人性价值，迅速形成一种牢固而严密的结构，使微笑的狗者与人们经由教育、考试、测评等各种不同的管道陆续收编了。

诗人和狗的相遇在城市的日落之后。

趁管理员一时的疏忽，溜进东区的大厦，按了到达顶楼的电梯按钮，那看来沮丧的狗，只是想在收编之前，再违法看一次城市高楼上的落日。

而诗人正相反，他决定了从收编的队伍中出走，走到城市的街道上，和每一只仍然流露着沮丧表情的狗者和解，讨论关于人类命运的多种命题。

二〇一五年
五月六日

独白

因为漫画，一个激进组织的圣战者在清晨冲进城市的漫画社，迅速屠杀了出版社的员工，包括几名编辑和业务员，但漫画家却躲在桌子底下意外逃过了一劫。

因为信仰的不同引发的争执，从局部地区的战争，扩大到无所不在的人肉炸弹，已经使人人自危。

“没有人会是幸存者——”圣战者如此宣布。他们讨厌文明世界琐碎的逻辑、可笑的理性。

当一个伊斯兰的总统被绞刑处死后，那胖大的身躯戴着头套，吊在一根绳索上，那行刑的画面被强势的媒体一再重复转播，看着落日的狗便忧伤流下眼泪。

它在落日的黯淡余光里看到将要发生的大屠杀的征兆。

“没有人会是幸存者——”

引发仇恨的将被仇恨淹没，引发谩骂的将被谩骂羞辱，引发斗争的将在斗争中死去，圣战者的宣告没有逻辑，没有理性，但很具体，因此号召了各个国家的青年出走，成为身怀炸弹的报复者，他们十五岁十六岁，对生命没有遗憾，为圣战而死。

文明国家似乎忘了，“圣战”二字，正是他们在中世纪屠戮伊斯兰的字眼。

西班牙的许多大教堂墙上还悬挂着当年悬吊伊斯兰民众用的铁环铁链，一群一群妇孺也一样不能幸存，她们被剥光，任由基督教的圣战者凌辱致死。

仇恨的后裔继续陷入仇恨，冷酷残暴，假借“圣战”之名张牙舞爪，置人于死地。所以“圣战”如同许多岛屿居民口中的“正义”吧。每日为“正义”发声，伸张“正义”，终究一定成为“圣战者”。“圣战”，任何一种冠冕堂皇的“圣战”，最终必然只是怀抱炸弹，同归于尽的结局吧。

伊卡的祖灵很温和，没有过报复，但深思的狗突然悚惧起来，它想：也是祖灵将发起“圣战”的时刻了吗？

传统的子嗣繁殖观念是
像鱼类在水中播撒精卵一样。
鱼类的繁衍方式因此长久以来
成为岛屿居民渴慕的对象。

鱼

岛屿上的人类，在子嗣繁衍上，遇到了一些难题。对于人口生育计划的控制，长年来有主管的单位做定期的追踪。大约在二十世纪的七〇年代以前，岛屿主管人口生育计划的单位，必须以各种方式推广节育的观念。

“在岛屿上推动一种观念的改革，是多么不容易啊！”那名头发花白的生育计划专家常常这样喟叹。

传统的子嗣繁殖观念是像鱼类在水中播撒精卵一样。鱼类的繁衍方式因此长久以来成为岛屿居民渴慕的对象。他们甚至在信仰的图腾中大量引入了鱼的造型，而鱼和水的图像也一直有着婚姻、生殖、性的多重崇拜意义。

生育计划在岛屿的偏远农渔村落进行人口节制计划推广的初期，所遭遇的困难是可想而知的。

生育计划的专家以图表、幻灯片、教学影片各种新颖的辅助器材使村落男女有了参与的好奇。他们看到被制作成鱼的形状的避孕套，便都哗哗大笑了，男子们彼此拍打着肩膀，女子们掩面低头，也都脸红羞怯，然后乐不可支了。

据说，那些制作成不同形状的鱼的避孕套，很快被索取一空，主管单位只好把免费供应改为收取成本费，以限制无尽的索求。

但是，追踪成果的专家，面对着人口出生率的统计报表，仍然一筹莫展地摩挲着他那越见花白的头发，无奈地重复着他那悲观的结论："在岛屿上推动一种观念的改革，是多么不容易的事啊！"

鱼形的避孕套被吹满了空气，像美丽的气球一样飘满在岛屿四处，每一位到岛屿做短暂旅游的观光客，都庆幸自己恰巧碰上了当地盛大的节庆。然而，这样的景象却是岛屿每一天都如此的。

肥短的赤鲸，修长文雅的秋刀鱼，有一种矫情曲扭的黄鳝，或者以色彩争奇斗妍的各种热带鱼，被空气充满后，胀得很大，全部飘扬在岛屿的上空。

岛屿的居民从来没有想到生殖的满足成为一种官方制定的政策，而那些原来被设计，为了意图套牢男子们生殖器的避孕套，竟然成为一种新的生殖信仰，仿佛神祇们祝福的幡带和花环，飘扬在每一处天空。

岛屿人口急速增加了。像鱼在水中撒播它们的种子一般。

人口计划专家因为内疚辞去了主管的工作，隐避到人口越来越拥挤的城市中去。

鱼形的避孕套计划，未曾有效套牢男子们的生殖器，却更刺激了人们生殖的幸福感，被作为一项失败的教训，警惕着新进的人口计划人员。

新进的人口计划专家是比较冷酷的。他们和头发花白的老一代专家最大的不同，也许在于他们完全轻视传统的信仰、道德或伦理吧。因此，他们对民间有关“鱼”的图腾没有丝毫的兴趣。

他们之中较年长的在三十岁左右，曾经提出用猫的图像，意图吓阻岛屿居民头脑中根深蒂固的“鱼”的生殖幻想。但是这种提议立刻被更年轻的二十岁一代的博士取笑而否决了。年轻的女生化博士相信，猫的图像只能使男子捂住下体，是不彻底的吓阻，而且，她说：“猫毕竟无法和鱼彻底决裂啊！”

因此，新的人口计划便全力创造了虐杀精子的意象，用微波的、超辐射的新式科技，使男子们体内的精子在一瞬间如历浩劫屠杀，全部化为乌有了。那怅然若失的男子捂着下体，露出哀婉的表情，望着面目极酷的人口计划年轻的执行者，仿佛一名最后存活的精子，回想着有关子嗣繁衍的梦，梦中，天空上飘满了各式鱼形的彩色气球。

二〇一五年五月七日 独白

鱼其实有非常深沉的表情。类似中国十七世纪前后最优秀的画家八大山人，他画中的鱼，瞪着孤傲的眼睛，鼓着腮，冷冷旁观着世事，可以作为那一时代最犀利的哲学。哲学作为哲学出现在人类文明发展到第一世纪之前就结束了。希腊的苏格拉底到亚里士多德，中国的易经到庄子的春秋战国时代，印度的悉达多到阿育王时代，之后，所有假借“哲学”之名出现的已经都是“伪哲学”。用现代的语言来说是“山寨版哲学”。有点像仿LV的LV，仿PRADA的PRADA，也可以说出现了林林总总的“山寨版”——“柏拉图”、“庄子”、“孟子”、“毕达哥拉斯”。“山寨版”外形看起来一样，其实是没有内在精神的。也使哲学一路堕落，成为依样画葫芦的仿冒。“哲学失去了‘思考’，还叫作哲学吗？”愤世嫉俗的P教授在受到猕猴惊吓之后有一天忽然这样向学生宣告。他的宣告其实是正确的，针砭了两千年来哲学一贯的仿冒本质。然而不多久靠近山区的大学校园出现了博士生坠楼自杀事件，找不出原因，没有任何情杀、谋财、仇恨等因素，只是这名正在书写论文的博士生的手机里留下一段没有发出的简讯，简讯的句子：“哲学失去了‘思考’，还叫作哲学吗？”，一句没头没尾的字句，经人举证，是P教授在课堂上的愤激之言，P教授因此受检调单位邀请，为了解案情而受讯问。检调人员很礼貌，温和不霸气，但P教授本是庸懦的人，又受猕猴惊吓，一进检调的办公室就禁不住撒尿在裤上，他闻到尿味，忽然大声说：“我没有说过那句话。”

这时他清楚看到一只猕猴正在玻璃窗外凝视着他，似笑非笑。

当 芒 花 开 成 一 种 絮 状 的 车 穗 ，
随 风 四 处 飞 散 的 时 候 ，
那 种 金 属 质 地 的 光 就 不 见 了 。

芒草花

岛屿的山上，翻起了最早一片银色的芒草。沿着山坡的棱线，一层一层，在刚刚吹起的北方季风中，像银色的海浪，使初冬的阳光特别像一种清明澄澈的金属。

芒草能够保有这样洁净的金属般的光的闪烁，时间并不长。一般说来，只有在入冬的两三个星期内，新抽长的芒草才会有这样的光。银色如丝缎一般光滑闪亮的质地，很快就消失了。当芒花开成一种絮状的草穗，随风四处飞散的时候，那种金属质地的光就不见了。代之而起的是一种苍茫，一种灰蒙蒙的乱絮，好像花白的头发，有了临近暮年的苍老与茫然。

在冷风中蓬飞着花白乱絮的头发的芒草，想起不多久以前，犹如黄金丝缎的青春，也许有愤怒，也许有感伤苍凉，也许有无奈的哀叹，也许，竟然也可以有不可解的安静、自在，与自我调侃的从容与豁达吧。

那静静地在相思树林中刚刚结成的蝉蛹，也在想着一个亮丽高亢的逝去的夏季，它要蛰伏在黑暗的土里好多好多年，用来回忆和细想这一季夏日的华丽嘹亮。

其实，没有人来过。树林间的小径，好像为了提供每一个哭泣者一次寻找的终点。然而，芒草使每一条路重新荒芜了。荒芜成从来没有人来过，或者，来过，成为一生的终点，不需再走回去，不需要再向前走了；路，仍然在长久荒废中被草车淹没了。

岛屿上的居民觉得芒草是坟地间的植物。他们害怕芒花，害怕那飞在冬日空中无边无际的缭乱的芒花的飞絮。

也许，芒花是为了代替岛屿上的雪景吧。芒花飞起来，整片山都白了，像飘满了雪的山丘。在热带海洋中的岛屿，低矮的丘陵是没有雪的。那走在芒花中最后一个四处张望的野战部队的充员兵，就因此幻想着北方寒冬漫天漫地的雪花纷飞了。

芒花作为一种花，是多么苍凉的象征啊！它用那么悲伤的方法四处蔓延着，在每一个荒芜的处所留下一些子嗣。在坟冢累累的山间，在干涸的河床砂石地上，在废弃的砖瓦的窑厂，在铁路沿线的两边，在无人居住的宅邸的院落，在许多车站的终点，在每一个有机会荒芜的土地上，找到一点点空间，便寄托下了这忧伤的子嗣。

“如果没有子嗣呢？”

“那就没有信仰了。”

“如果没有信仰呢？”

“那就——”

大专毕业的排副意图说服他的同僚关于信仰的话题。在没有严格逻辑训练的推论中，他和他的同僚都无法理清因为冬季的芒花引起的联想。

关于芒花是不是一定与信仰有关，一个担任狙击手的兵士漠然地鄙夷着。他倚靠着那支武器的钢管，仿佛听到冷肃的枪膛一阵哗笑。他一动未动，仍然倚靠在武器的钢管上，坐着假寐。

“历史上所有的政治阴谋者与野心家，都一定假借着‘国家’的名义，使人民失去自由，使人民愚蠢、冲动；使人民盲目而残酷地彼此对立起来，在虚假的‘正义’‘光荣’的口号煽动下，如野兽一般彼此屠杀。”

他记忆起阅读过的一本有关安那其主义的书中句子的片段。然而，他沉默着。他似乎预见到笃信“政府”与“国家”是一切罪恶与败德渊薮的自己，有一天，仍然在某一个“政府”或“国家”的口号下，尽职地去狙击岛屿上的，或岛屿以外的一些被称为“敌人”的人。

他又再次听到武器的钢管一阵冷冷的哗笑。作为一名笃信安那其思想的狙击手，他一切精准的狙杀训练，都将是自己致命的悲剧吧。

不知道是否因为这样预见了悲剧，狙击手贪看着大专毕业的排副俊美而忧伤的脸庞，竟然想上前紧紧地拥抱起来。他说：“兄弟，我们在‘国家’之外和解了吧。”

岛屿上被政客们煽动起的各种政治主张，仍然使居民剑拔弩张地彼此仇恨着，等待一次新的屠杀。那在芒花中睡着的充员兵，因为落后了队伍，竟梦到了故乡芒花如雪一样漫天漫地飞舞了起来。

二〇一五年
五月八日
独白

二十年后，有一天重读自己写下的荒谬的字句，庆幸自己没有被逻辑拘束，没有被理性蒙骗。想到漫山遍野的芒草花，在秋后的岛屿四处蔓延，不禁热泪盈眶。

人脸

人的五官其实并不算是一种复杂的构造。眼睛、耳朵、鼻子、嘴、眉毛，是人类脸部基本的五个部位。当然，比较完整地来看，还应该加上额头、颧骨、人中、下巴等等更复杂的组合。

这些基本的单元，分开来看，类同性是很高的。但是，一旦组合起来，却发生了似乎无穷尽的变化。

用传统的相法来观察人的五官，有一些约定俗成的习惯，例如：耳垂肥厚与福泰的关系，鼻孔朝天与破败的关系……

相法关系人的命运，把五官的观察引导到比较功利的目的上，往往会忽略很多细节特征。

如果能稍稍从命运的功利性中解脱出来，比较超然地去阅读一张人脸，其实是非常有趣的事。

岛屿上的流浪狗，在最无所事事的时候，常常蹲在城市的入口，无目的地细看每一张的人脸。

在狗的视网膜上，那些人脸的元素，像一些诡异神秘的图谱，不断变化着。一些不断暗示着解读的可能，却始终无法解读的图谱，使狗们陷入一种似乎是宿世轮回的迷惑。

有些图谱是特别难以忘怀的，他们似乎从转世中留下了前生的特征，例如，有一位带着似鼠的惊惧，战战兢兢地微笑着，不时小心翼翼地纠正一下颈项上的领结，仿佛还没有退化了嘴颔上的细细的触须。

猴类的五官本来就与人类非常近似，在动物的族群中，它们的五官是比较富于表情的。它们圆形的眼睛，在沉默中有特别哀悯的感伤。一位宗教家常常说：在凝视一只猴子的眼睛时，便要不自主落下哀悯生命的眼泪。

但是，猴子有时也非常焦虑，在它们努力记忆人的未来而一无所获时，它们就龇出可怕的牙齿，皱缩着额头上的肌肉，陷入一种无名的惧怖。

人的脸上大部分时候记忆着猴子状态的焦躁，等待着演化时那种无助与空茫。

“它们五官上引起的哀悯，竟是生命本质的哀悯吗？”那只有着人的狭长灵秀眼睛的狗这样沉思着。

有的人脸上延续着悚恐的蛇的阴鸷，在冰凉有一点黏液的口鼻间隐藏毒杀的阴谋。它们静定在杀机中的眼睛，闪烁着冷冷的光，皮肤上也常常有一种腐叶的腥味。

一张人脸走来，特别黑而粗重的眉毛，使他看起来像一种獾。曾经有过权势，却又丧失了权势，使他在霸道和被驱赶的彷徨间犹豫着。

一种特别长的下颌，使一张人脸回忆着河马或者鳄鱼的宿命；在那些湿热的泥淖中，它们在混沌的虫豸中活着。有时露出尖利的牙齿，向同类攻击、扑打和撕咬，有时却也狰狞地微笑着，在泥泞中一动也不动，仿佛一种“领袖”和君王的雕像，在和善与权威的交替表情下，人脸的下颌都会变长，就像河马或鳄鱼，不太能分清楚它们表情中温和与凶恶的替换是为了什么。

在城市入口细看着每一张人脸的狗们，发现一张人脸的特征，一般来说，是一张动物的脸加上一种笑容。例如：笑起来的蛇，笑起来的鼠，笑起来的猴子和獾，笑起来的河马和鳄鱼……

笑容似乎是人脸在此生的一种修行，他们努力笑着，试图可以摆脱那宿世摆脱不掉的蛇鼠的、猴獾的，河马的或鳄鱼的记忆。

然而，暂时他们还是带着好几世的兽的五官在寻找一张纯粹的人脸吧。

那无名的恐慌忽然使狗们都惧怖了起来。

二〇一五年
五月七日
独白

岛屿的老人们常常从小教导孩子如何分辨人脸的特征，用来辨识哪一种人可以来往，哪一种人千万要敬而远之。最常见的说法，例如“两腮无肉”、“耳后见骨”。这两项特质不难在街巷市民中观察到，有人并不瘦，但很奇怪，两颊上硬是无肉，颧骨高起，下面像被削去一大片肉，寡寡的，如果是女人，老人家就会迷信是“克夫”的相貌；如果是男子，更麻烦，不是寡情寡义，就是残酷暴戾如野兽的心性，据说，历史上许多陷害忠良的酷吏、阉宦都长得如此，两腮上挂不到二两肉。“耳后见骨”相法上是大忌，但一般人不容易发现，主要是好端端地，很少有人会绕到后面去观察一个人的后脑勺。“耳后见骨”还真是要在一个人的正后方看才能确定。老人家最忌讳“耳后见骨”，谆谆告诫，见到这样长相的人千万不要靠近。“耳后见骨”是从正后方，可以清楚看到两个下颚骨往外翻，突出在颈项之外。老人家认为那外翻的下颚骨就是两把刀，杀别人，也杀自己。够狠够毒，却也可怜，因为终其一生也摆脱不掉“狠”、“毒”的纠缠，时时幸灾乐祸，好像伤了别人，最终是使自己万劫不能再复。老人家的相法，当然不可全信，也不可不信，有时拿出来印证现实，还真会吓一跳，怎么如此灵验。

记忆

其实是没有记忆可言的。

每一种笑容必然是在仓皇的纷乱中消逝，好像夏日的花叶消逝于泥土。

所谓记忆，就只是遗落失去的种种吧。不确定的声音、不确定的形状、不确定的色彩和影像，那些我们不能把握的一切，我们称之为记忆。

在日落以后，岛屿上各个角落的灯光逐渐亮起。如果在天空飞行可以看到灯光密集的城市，像一片繁星的天空，记忆着繁华、记忆着曾经拥有的一切，然而，在天空的高度，繁华只是这样不确定的一种灯光的密集。

从密集的灯光中延伸出去，有一条通向阒暗的光的连续，那或许是被称为公路的灯光吧。好像爱人在某处遗落的金项链，也很像一种脐带，在密集着灯光的城市之间，成为一种出走、一种连接、一种回忆，或一种向往。

我想蜷缩成一个小小的回忆中的胎儿，摇荡在不可知的记忆的幽暗中，有些仿佛四散在漆黑中的灯光，用最无力的闪烁，说明一种自己也不能证明的存在。

伊卡，再次从岛屿出走之后，我就顺着那灯光的细细叮咛，一直走着、走着；在漫无边际的黑暗中、在漫无边际的失忆的茫然里，我自己变成一种叮咛的反复，知道再也不能向前了，也不可能后退，只是原地踏步的重复，就像在跑步机上的跑步，用尽了力气，却还在原点。

伊卡，我多么希望能轻易相信生活的幸福：包括子嗣的传衍，包括在一个城市中努力成为一幢公寓的产权拥有者，包括在冷气开放的自用车中看着车窗外拥挤的交通，包括每天重复着的打卡，在网络上看着全世界最新的资讯，当然包括一切新学历和新资历的取得……

是的，在中年的前后，已经感觉到年资的累积，一方面是一种成就，另一方面却也有点茫然吧。

我们活着，很安分地求取年资的积累，也许准备着有一天依靠这些"年资"，可以有很好的、安适的"退休"。然而，这"年资"记录的，又仿佛是这一生的荒废。我忽然忘了，这些"年资"，也就是我生命的年资。我用它来打卡，用它拥有了公寓、汽车，拥有了子嗣，所以，这些年资应该是可以完成一次光荣的“退休”吧。

从一种职业上退休了，也竟意味着生命的退休吗?

在夜晚的航行里，从一个城市到另一个城市，从黑暗中一堆密集的灯光到另一堆密集的灯光。

即使是这么小的岛屿，也有那么多常常被遗忘的角落。而我努力用记忆追索而不可得的生活中的种种，都似乎忽然背叛了我网路的系统，它们独自出走了，它们拒绝了我思路的体制，他们自己决定了语言和词汇的意义，他们和宇宙间渺小不可知的记忆系统开始了频繁的对话。

在比较靠南方的城市，一些冬季的燕子，飞翔在行道树的顶端。这些被称为乐树的行道树，有像合欢的叶子，开过黄色的花以后，有许多灿烂的红色果荚高高堆在顶端。

燕子是否记得北方的雪?它总是在冬季来临之前就向南方飞了。

所以,并不是因为记忆,我们才有了知识的累积。那么,燕子的换方向,是为了什么呢?

笑容成为一种记忆，或仓皇成为一种记忆，都没有什么意义。当旅途上的人，拿起皮箱，在一条像脐带一样的路上行走，他其实并不能确定向前或退后，大部分时间，也许我们在记忆的原野上不断移动，好像在跑步机上的原地踏步。那么，移动的也许只是记忆，是一幕一幕我们完全不能把握的种种，我们称之为喜悦、哀伤、爱或恨的种种。

二〇一五年五月七日 独白

岛屿的记忆总是被不断抹杀，荷兰人来的时候，原有岛屿上部落的原住民，靠着仅有的语言保存一些记忆。但是文字的力量太大了，汉民族逐渐移入之后，明显用“文字”统治了岛屿的思想。汉字的“史”本来就是一只手，拿着一支笔。原住民没有文字，很快被外来的历史淹没了。台南孔庙上有“全台首学”，其实无论是郑氏执政，或是郑氏失败，岛屿划为清帝国的一部分，并没有改变“汉字”在岛屿上强势的地位。清代的统治者继续祭祀孔庙，每一代的君王都在大成殿挂上汉字书写的匾额。汉字有强烈的排他性，许多产品上有“正”字标记，便说明是唯一可信赖的产品。然而汉字的“作伪”也已经众所皆知。正殿上悬挂着“正大光明”常常恰恰好透露了各种不择手段的权谋与黑暗。日本的统治是“殖民化”还是“现代化”？被一个患亚斯伯格症的城市当局所引发，然而大家忽略了日本的统治恰是巧妙地运用了“汉字”的某些暧昧性。“同文同种”的“大东亚共荣”，岛屿恰好享有了“同文”的荣耀。“同文”当然就是同一种汉字。

岛屿的汉字游戏会越来越有趣，文字游戏久了，记忆便失去意义。没有文字的原住民也接受了汉字，从他们的姓名开始，参加到汉字游戏的规则之中，也逐渐失去了自己族群的记忆。

每一天在壅塞的交通中痛苦不堪的城市居民，
不时都要抬头看一看那条正在兴建的捷便道路，
感觉着一种即将来临的幸福。

捷便

城市中为了解决交通运输的拥挤，修建了一条贯通南北的捷便的道路。

这条道路用粗大的墩柱架设在城市的上面，穿越过很多人口密集的繁荣商业区。

每一天在壅塞的交通中痛苦不堪的城市居民，不时都要抬头看一看那条正在兴建的捷便道路，感觉着一种即将来临的幸福。

岛屿上的政客也企图用这条捷便道路的通车，作为下一次执政的政治资本。“一条完成的都市捷便系统”，擅长于文宣的政党执政者，研拟着一些响亮的宣传口号，他们相信，这样的口号将在即将来临的岛屿当局的选举中，为他们赢得为数可观的选民的支持。

其实，这条架设在城市上空的捷便系统，很早就决定将在通车以前，开始一点一点瘫痪了。

是的，瘫痪，当捷便系统每天俯视下面，城市居民如蚁般的蠕动的生活，它就陷入一种深深的沮丧中。

“这是一种什么样的生活啊！”

当每一个城市居民抬头仰望，看着即将兴建成功的捷便系统，期许着即将来临的幸福的同时，捷便系统却变得异常悲观。

“我将是一条流动于这荒芜的城市上空的畅通血管吗？”它有一种奇异的七〇年代的道德自责。

它也曾经梦想，自己像一条优美的河流，缓缓潺潺，流过城市的上空，“上面在晴日有蓝天白云，下面绿草如茵，有游嬉的儿童……”它几乎可以幻想着政党的文宣工作者将如何发动城市各个角落的诗人，一齐来为歌颂这个美丽的城市动笔撰文。

然而，它仍然看到有残障的肢体，攀爬在各式各样的高架桥上，艰难地移动着。它也看见孤独的老人，在城市的顶楼，寂寞地看着窗外的风景。

从北而南以及从南而北的捷便系统，度过了大约两三年的时间，它们在城市的中央会合时，民众曾经燃爆竹庆贺。

但是，也就是在那一天晚上会合了的捷便系统，决定了通车前的瘫痪。

它们使架设的柱墩出现严重的裂痕，它们使巨大的钢钉帽梁松动，它们使车行的轨道，在每一个转弯处出现倾斜。

“使政党的文宣变成荒谬的诗句吧！”在极度沮丧中的捷便系统，自北而南，自南而北，在泪水中相互拥抱着，决定了它们自己的瘫痪。

许多年以后，也许没有人知道那是一条曾经被许多人期待过的捷便系统。

在荒凉的城市夜空，孤独的夜归者，偶尔看到那巨大的墩柱架设成的道路，上面有出走的猫，成群聚集着，向过往的行人吐唾咒骂。

猫和鼠都迅速利用了这条捷便系统，在整个城市上空串联起来。

它们取得了一种和解，它们放下了宿世以来敌对的追杀撕咬的关系，决定联合起来占领城市的上空。

当城市居民处在壅挤的痛苦中时，他们没有想到猫和鼠以这样的方式霸据了城市最重要的交通。

“期待和梦想即将来临的幸福吧！”

猫和鼠在协商会议结束后，对城市居民发出了这样鄙夷的布告。

只有捷便系统是真正沮丧忧伤的。

二〇一五年五月八日
独白

岛屿中部一段正在修建的捷运的高架钢梁突然坍塌了。压死了四个人，包括施工的工头，也包括正在等红灯的无辜路过者。

事件发生，岛屿的政客照例迅速推掉责任，迅速责难他人，撇清与自己的任何关系。

有趣，千篇一律的政客模式，大家习以为常，也不觉得有任何不对。

所以忧伤的是那一根巨大的钢梁吧，从数十公尺高度霎时坠落，像忧郁重症的患者，义无反顾的轻生。

“为何还要活着？”钢梁坠落前有人似乎听到一声低沉的独白。

城市“领袖”自度假的异国连夜赶回来，面对媒体，脸色沉重。因为死去工头的兄弟刚刚发表家属的控诉，指责政府严峻要求赶工，若在限期未完成进度，将要惩处罚款。

城市工务单位的负责人当然矢口否认，认为灾难的发生与赶工无关。

但媒体也立刻在城市“领袖”的脸书上看到他前几日表示一定要让捷运工程超前完成云云。

钢梁躺在地上，砸毁的物件四处散落，血迹仍未完全消失。

“但迟早会消失的——”钢梁寂寞地想着自己的未来，架在虚浮的高空上，让第一辆列车驶过，鞭炮声和彩带飘扬，城市“领袖”和民意代表鼓掌，向市民致贺。

孔雀

人与动物的性交，在岛屿上被比较严肃地讨论起来了。

一些学者认真地思考起人类文明中与动物交媾的传说，诸如希腊神话中天鹅与美女的性交，诸如中国民间流传甚广的男子与白蛇的交媾。

在学术的范围中，学者们大致还是习惯于把人与动物的性交作为一种“图腾”看待。在久远的历史中，人类曾经如何梦想着成为动物，成为天上飞的鸟，成为水中的游鱼，成为土地上奔驰凶猛的狮虎野牛；这些梦想，逐一成为他们的传说，也成为他们在美术作品上的图像。因此，我们总是在一些古老的图像中看到了人头蛇身，或人头马身的复合图腾，遗留着人类与动物割舍不清的关系。

太过严肃的学者，在图腾理论的满足中，其实并没有触及人与动物性交的真相。

或者说，陶醉在古代图腾理论中的所谓学者，也只是不敢触怒人的道德禁忌的伪善者吧。

真正的人与动物的性交，在岛屿民间普遍的情形，远不是图腾学者想象的那样象征、那样神话。

兽交的影片、图像、文字描述，甚至真实的表演，长期以来，在民间的性行为的媒体传播中，始终不曾中断过。

“那么，你在街上看到狗的交媾，会萌生性的欲望吗？”那态度谨严的学者在大学校园中这样反驳着。

“其实，性也许并不是欲望。”那名被控告与孔雀进行交媾的脸色苍白的青年，在法庭上做了这样的陈述。

“那是什么？”检察官追问着。

“是一种——”青年沉思着：“是一种恢复到动物的恐惧吧！”

头发花白的检察官凝视着青年的表情，他几乎可以感觉到青年从心里发出的战栗。

“是恐惧吗？”检察官希望探索到更多心理的细节。他越来越觉得自己并不是在审判调查一件败坏风俗的道德案件，他几乎被这青年与孔雀交媾事件带进了人类不可测的性的意识深沉的思考中去。

“恐惧什么呢？”检察官耐心地等待着青年的沉默。

“射精吧。”青年艰难地回忆着，“那个生殖的高潮，成千上万的精虫，我们称为‘虫’的，竟是我们的子嗣来源吗？”

“所以，你在性的行为中，认同自己是动物吗？”检察官希望拉回到与案件相关的讨论。

青年笑了，他显然意识到检察官的询问是完全不可理解他的行为的。他被判定“败坏道德”，但是审判者和被判决者，其实都对“道德”一无所知。

他温和地微笑着，他说：“不，我不是认同动物；我只是认同孔雀。”

在月圆的夜晚，岛屿南方平原上有一点点郁热中微凉的风。那所知名的孔雀园，在所有管理人员离去之后，孔雀从高高低低栖息的树枝上下来，优美地行走在草地上。它们在如银的月光中闪耀着蓝绿的羽毛，它们行走的姿态仿佛是天生的君王。

“孔雀张开了它美丽的尾羽，像一把最华丽的波斯王的宫扇，它在我的面前优雅地旋转着，我才了解，它愤然立起的尾羽下隐藏着的竟是交媾的欲望……”

“月圆，孔雀的尾羽，波斯王的宫殿，岛屿郁热而又微凉的风……”检察官重复着：“你要我用这些内容来辩解你和孔雀的交媾行为的合法性吗？”

“我没有要求辩解——”青年安静地回答说，“我只是陈述事实。”

二〇一五年
五月八日
独白

我读过一篇日本作家三岛由纪夫的小说，名字就叫《孔雀之死》。描述每当月圆的夜晚，一处著名的动物园的孔雀就都被屠杀了。地上摊着数以百计的拥有美丽羽毛的孔雀尸体，那画面使我战栗。

年轻的警官调查案件，走访附近的一名老教授，发现他桌案上放着年轻时俊美的照片。三岛诡异的美学在这篇小说里交错着自恋、性的渴想、青春的逝去，像一首文明的挽歌。然而岛屿上发生了一样的事件，在嘉义的某处山区，豢养孔雀的暴发户，愤怒地发现每当月圆晚上孔雀的死亡。

暴发户以孔雀宴号召，一餐叫价五万元，把孔雀像圣诞火鸡依样烤熟，浇上蜜汁，最有趣的设计是，在烤鸡尾部重新插回一根一根的孔雀尾羽。

脸色苍白的青年为何知道暴发户如此恐怖行径，没有人得知。但他确实在每一个月圆的夜晚，潜近孔雀身边，在这些美丽需要爱抚的禽类张开尾羽时，青年哀悯流泪，便骑上孔雀，和它们交媾。他的确想到古代希腊的宙斯幻化成天鹅，与美女丽达交媾的故事。

那荒凉的山区，因为暴发户因丑闻而破产，青年长期羁押在牢狱中，媒体失去耸动的报道价值，故事也就逐渐被人遗忘了。

中断

伊卡，许久以来，我遗忘了你，和你的狗。但是，我确知你们在这个城市的某个角落，相互依靠着生活下去。

生活也许真是很艰难的吧。

城市里低收入的族群，在艰难中活着。他们被中产者制造的富有和繁华的远景眩惑，以为那是他们也可以期待的幸福。是的，这个城市轮流执政的政党，其实都同样一直是中产者资本家的代言者。他们成功地取得了权力与财富，他们也成功地描绘了城市未来美丽的远景，使每一个在低卑的生活中的劳动者，在他们低卑而苦闷的生活中，期望着明天的幸福，使他们转移了对现实的一切不合理、不正义的怨怒，使他们误以为那社会资源不公正的分配，是因为自己还没有付出更大的劳力。

道德和法律都主控在不道德与不法的执政者手中。因此，在低卑中生活的劳动者，局促在城市中的小市民，仰望着不法者制定的“法律”，依循着败德者宣扬的“道德”，努力使自己在永无休止的爬升中，仿佛向着美丽而虚幻的未来有了一点点接近的可能。

岛屿地区，一次重要的立法者的选举，那以劳动者的名义参选的候选人，站在粗糙的木箱上，嘶哑着喉咙，发表他的政见。他的政见其实并不激烈，但是，也许他受了太多中产者教育的影响，他的语言竟是劳动者们完全听不懂的。

岛屿的冬天，并不特别寒冷，但是，偶然从北方南下的寒流，使候选者的政见，失去了群众。大约三四名听众，呆滞地站在寒风中，缩着脖子，无表情地看着木箱上劳动者的代表者，慷慨激昂地挥舞着双手，群众似乎也无法认同，这就是他们低卑的生活中站起来的代言人。

那么，伊卡，你和你的狗，一定会这样质问，这个庞大的城市中为数众多的劳动者，都到哪里去了呢？

那在现实中怨怒而苦闷的族群，在夜晚的高速路上，开着装满货物的联结卡车。他们被鼓励着不断违法超速，以运载的次数获取巨额的奖金。

他们其实并不怨怒，他们也并不苦闷；他们只是不断啮咬槟榔，刺激那疲倦了的神经。在他们布满血丝的眼睛中，除了笔直的高速公路夜晚荒漠的灯光外，还有那些眩惑迷人的中产者描绘的对未来的美丽远景。在他们困累到不能支持的时候，他们把巨大的联结车停在黝黯路边，吸食或注射兴奋的药剂，用来使自己有更多的精力，可以奔赴那美丽的前景。

伊卡，这是我们所说的岛屿奇迹一般富有起来的原因吗？

也许，岛屿上的劳动者，在美丽未来的煽惑下，满足于各式各样富有的幻想，他们的怨怒和苦闷，都被一一转化为争取富有的欲望。他们要不断献出劳力，不断榨取自己最后的一点精力，要在阒黑的夜晚奔赴一条永不能回头的黑路。

伊卡，我们常常在媒体上不经意的读到这样的报道：联结车或砂石车翻覆了，一辆砂石车在黑夜中撞上了一辆摩托车，摩托车被卡车拖过了三个街口，车上是一名夜校的工读生。

岛屿为了中产者描绘的奇迹般的财富，对于各式各样的人的死亡，是没有什么感觉的。

我们在电视荧光幕上看到一张被惨白的灯光照着的呆滞的脸，呆滞的疲倦，双眼布满了血丝，嘴角犹仍残余着如血渍一般的槟榔嚼食后的余迹。媒体记者的或是警检单位的镁光灯闪亮着。他呆滞疲倦的脸上有一点茫然，那些闪亮的镁光，仿佛使他觉得还在笔直的高速公路上急驶。一盏一盏白花花的路灯，匆匆地过去，在清醒和疲倦的困累中过去，他唯一的意识是自己要更快速，更快速去奔赴那幸福而富有的未来。但是，他也忽然发现，自己在肇事的现场，在蜂拥而来的执法者和媒体记者的面前，被强光照着，那通往富有的唯一的笔直的路，忽然中断了。

伊卡，我一定要在这巨大而荒凉的城市中找到你，和你的狗。

二〇一五年五月八日 独白

一辆砂石大卡车在叫沙鹿的地方冲撞了十七台小轿车和摩托车，死伤惨重。城市的交通管理人员立刻宣布将进行快车与慢车的分道。

没有人注意到大卡车的司机被称为“肇事者”时那茫然呆滞的表情。

电视荧光幕上看到他的脸交错在镁光的闪烁中，许多媒体快速拍照，要在发稿前抢到独家的画面。

那些死者犹盖在白布下，沁透着仿佛乌黑的血迹。死者的魂魄坐在媒体的摄影机上，它们一点重量也没有，比古代历史家说的“轻如鸿毛”还要轻。因此没有一个媒体报道者会发现，他们要拍摄的对象其实不是那盖在白布下一堆血肉模糊的东西，他们真正要拍摄的对象已然从血肉中解脱，正轻松地坐在摄影机上，有的还顽皮地玩弄镜头，致使有些传输出来的影像竟有难解的暗影。

没有人关心这些不正常出现的暗影，因为岛屿同样的事件一再发生，没过几天，那耸动令人不忍的画面就被遗忘了。岛屿存活下去最强韧的能力就是“遗忘”。

有一点手风琴破旧走音的调子，
有一点戴着墨镜的盲歌手娓娓道来的哀伤，
时代就那样过完了。

老去

如果没有了悠闲和豁达，生命又有什么意义呢?

在产业的改革中，原来生活于农村的人口，陆续在大约二三十年前，从乡镇的各个角落，向城市集中。

那在城市近郊耕种的中年男子，因为在风雨日头下的劳动，看起来比较苍老，过路的着花衫的年轻姑娘们，都嘴甜地叫他“阿伯”。

她们说:“啊，田中耕种的阿伯，那人们口中传述的繁华都市怎么走?”

好像一整个世代只活在一首苍凉的老歌当中。

有一点手风琴破旧走音的调子，有一点戴着墨镜的盲歌手娓娓道来的哀伤，时代就那样过完了。

我们称之为“产业改革”的种种，也正是那些穿花衫的年轻女子在各个工厂的生产线上逐渐老去的故事，也正是那田间劳作的中年男子失去了土地，在孤独中死去，或成为痴呆的老人的故事吗?

有什么荣耀是值得嚣张自大的呢！

岛屿也许将逐渐在艰难中学会一种谦卑吧！

好像高山上盘旋的鹰族，低低地盘旋着。它知道，因为一种低度，才有猎物；但是，它当然也知道，因为一种低度，它就在猎人枪弹的射程之内了。

生存和危机一直是如此的一体两面吧。

也许我将选择低低地盘旋下来，低低地俯身向那生活的艰难。我将如鹰族们一样，露出锐利而且毫不妥协的眼光，索寻着大地上任何一种不可藏躲的猎物。那些胆怯瑟缩在树丛间的鼠兔，那些在冬季蛰伏在浅穴中的长蛇，那些应该可以高飞，却忘了如何高飞的鸫鹛和鹌鸡们。

岛屿当然是在长期的艰难中学会了有一点点鹰族的悠闲和豁达。可以解脱了肤浅的嚣张自大，可以在更多的惊恐、灾难，你死我活的争斗中，开始学习一种鹰族的睿智。

所以，我们永远在猎人枪弹的射程之中，我们应当牢牢记得，那些枪管冷冷地对着我们的胸腹，那些等待在黑暗的枪膛中的子弹，如何耐心地蛰伏着，只要扳机被手指扣动，机簧弹动，那子弹就立刻急射而出，一无躲避可能地射穿我们的胸腹。

如果是陨落的鹰，不知道将带着什么样的梦想和回忆？

它仍然努力撑开翅翼，希望借着风的助力，可以忍住射穿的剧痛，摇摇晃晃，飘向比较远离死亡的射程。

然而，处处都在死亡的射程之内。

那坐在公寓一角，垂流着口涎，目光呆滞，瞪视着电视荧光幕的老人，没有人记得他曾经有过一块城市近郊的土地，曾经有过巨大的劳动，在风雨日头下锻炼成结实的筋骨肌肉，皮肤粗糙如岩石；没有人记得，他的土地一年四季有过不同的景象，稻浪翻飞，累累结实的稻穗，有叽叽喳喳的麻雀聚集，有各个乡镇穿花衫的年轻女子，羞怯地向他问候，并且探询到传述中那个繁华城市的路怎么走。

在岛屿进入最寒凉的季节的时候，有一些苍老的眼泪垂挂在各个孤独公寓的痴呆老人脸上。

我们误会了，我们以为眼泪是哀伤心事的表征，事实上，也许，那些眼泪只是经历了生活的艰难之后一种无以言喻的麻木吧。

其实是一个下班的媳妇，匆匆忙忙跑进公寓，在黑暗中发现了开着的电视，发现了歪斜在沙发上的老人，脸上垂挂着眼泪鼻涕，这下班的妇人，就拿了面纸，替老人擦揩干净，她随即说：“爸，晚上公司尾牙，我们都不在家喽！”

电视荧光幕上正放映着有关岛屿如何繁荣与团结的宣传影片。

二〇一五年五月八日 独白

我不想记忆这样一个画面。呆滞的一张脸，凝视着画面跳动的电视荧幕。嘴角淌着口水，眼角流着泪。他所有的机能都衰退了，所以口水不是因为味觉刺激，眼泪也与哀伤无关。那只是机能败坏以后分泌物的自然排泄，也已经无法管控。如同一般人说的“尿失禁”，所以他们也时时包着婴儿的尿布，但因为看护人力不够，无暇定时更换，老人看护所里就弥漫着一股难以言喻的恶臭。

那是岛屿下一世代逃避不了的气味吧，在他们纵情唱着《岛屿天光》时，在他们迅速占领“国会”的同时，他们不容易记得在自己家族的老人身上，那些恶臭已如此无所不在地蔓延，成为岛屿用任何革命的歌声也掩盖不了的气味。

而家族的故事将一再重演，很快就降临到正在筹划新的革命的这一世代身上。他们腼腆羞赧，闻到自己身上这种气味，以为是因为革命而疏懒了洗浴和换衣物，但其不然，那气味不来自衣服，而来自他们肉体里根本的荒凉吧。

您够淫荡吗?

岛屿上流行的一个笑话最早是这样开始的——

一个三十岁出头，在美洲修习文化理论的学者，头发微秃地回到了故乡。

他对故乡种种，有许多不习惯，包括庸俗的消费文化，包括长期垄断文化媒体的专业人士对世界前卫文化理论的无知。

“这样自闭于世界前卫的文化理论。”

他摇头叹息，以他惯常的温和的鄙夷摊开流行的一些文化批评和阅读批评的著作，显现了他精锐的文化理论学习面临这样“不长进的”故乡的深切无奈。

他常常用“不长进”这样的字眼形容故乡，也常常对同政党中散漫而无理论基础的政治意见摇头叹息，最终在无奈中只有沿用“不长进”这样的词汇来表示他一贯的鄙夷。

一九九五年初，学者应邀到北方参加一项有关现代文化理论的研讨会。

他不像在一般在政治上迂腐保守的街头闯将，甚至十分鄙视那种草莽的抗争形式；他常常强调：岛屿必须有世界前卫的思潮理论作基础，才不会沦于一种“市井小民的血气之勇”。

这也是为什么他在众多反对意见中，独持己见，决定接受京城的邀请，他说：“应当接纳世界前卫的思潮。”

他于是去了犹在料峭春寒中的京城。他想到世纪初的某一位革命者，也曾经在深深的呢帽的遮掩下，从南方北上。他因此也下意识地拉了一下大衣的衣领，把头上的呢帽压低。当旅店的侍者体贴地说：“这儿冷，您不习惯吧，先生。”他温和地报以一笑。他想：人的孤独为何永远是难以为人理解的呢？

他办好了“住房登记”。当侍者请他办“住房登记”时，他也即刻想到，在岛屿上，故乡的同胞已多么习惯使用美洲的外来语言，他竟一时想不起来，在旅馆办“住房登记”这件事，在岛屿上是以什么样的语言来表达的；对一个文化学者而言，这是多么深刻的体会啊！他也敏锐地察觉到应该从这些语言模式上，去分析岛屿与京城之间意识与行为的长期分歧，也从而指证出政治在文化行为学上的理论基础。

他的优秀文化理论的训练，使他的确很不同于一般粗蠢的政客，或阴谋的野心家，他是以极细致的文化分析来进行一种真正的观念革命。

他在京城的几天，也特别注意同一个民族文化的渊源，由于意识形态的不同，可以在短短五十年的分裂期间，造成语言和文字模式多么巨大的差异。

“特别是那些非知识分子的民间语言，更有着文化符号的真正象征——”他在自己的笔记上做了这样的注记。

因此，他在电梯间碰到一个女性的语言，虽然可以说是意外，也似乎同时是他处心积虑关注京城语言中行为模式的一定结果吧！

事情是这样的——

他在一天疲劳的会议中回到旅馆，拿了房间钥匙，有一点仍沉浸在会议中有关语言与人类行为的思维中（他正在思考保加利亚裔的一位女学者克莉斯特瓦的相关理论）。

“先生，您够淫荡吗？”忽然，他清晰地听到开电梯门的女子这样问他。

他一时错愕，无法了解这么清晰的语言究竟是什么样的行为暗示。

他怔忡了一会儿，勉强回答说：“我……我还好吧！”

他困惑地看着一张涂得白白的肉肉的脸，很红而丰厚的嘴唇，很高耸的胸乳，开得很高叉的旗袍，露出雪白的大腿。

那女人仍面无表情地看着他，用她特有的嘴唇不太张大的方式说：“先生，您 going down，还是 going up 啊？”

当语言忽然转回来时，学者有一种在惨败和亢奋之间奇异的狂喜，他匆匆出了电梯，不断喃喃自语：“您够淫荡吗？您够淫荡吗？”他想：这是多么鲜活的语言与行为模式的思维联结啊，他竟忍不住在房间中狂笑了起来。

但是，后来转述这个笑话的人都少掉了学者心事的背景和北方寒凉的季节。

二〇一五年五月八日 独白

岛屿是应该多一点幽默的。

岛屿日复一日掉进粗俗贫乏的谩骂，连谩骂的语言都一再重复，没有任何创意可言。主管文创的机构甚至认真拟定了一个“谩骂创意奖”试图纠正谩骂语言的大堕落。

主管这项计划的“处长”，因为有生长在不同族群的社区经验，从眷村到福佬社区到客家社区，甚至漳、泉、同安的语言经验都有，使他回想起漫长成长记忆里不同族群“骂人的话”。例如“放屁”，虽然简洁有力，但是用多用久之后毫无变化，就失去文化的创意性，使一个原来有力的“放屁”演变成毫无力量的气球最后“噗”一声的泄气，完全失去骂人的力量。这位“处长”精确地引用自己小时在某一太太口中听来的修饰过的“放屁”。他说，“放屁”绝对可以文创起来，把两个字拉长，具备更多修辞上的文学意义。他的引证例子的确让与会的委员吃了一惊，他用很慢条斯理的腔调说：“‘放屁’可以修饰成‘放你妈妈十二道连环旨意风骚屁——’”，他讲完以后很多年轻学者完全无解，“什么是‘十二道连环旨意’啊？”一名女性生气地抗议。“处长”微笑着说：“你太年轻了，那是威权时代骂人的话，当时推崇岳飞，岳飞是被连下十二道圣旨处死的，因此这句骂人的话不只有文学性，形容一个屁的连环放法，也同时有时代性，包含了当时定为‘国策’的岳飞故事。”

会议当然没有结果，文创的议题一个接一个，很快“处长”换人，又有新的经费召集其他的议题讨论了。

静坐

我逐渐知道，深藏在身体里面，那头未曾死去的兽，仍在等待着机会，要向那无边无际的旷野出走。

是的，伊卡，仿佛是黄昏时斜射的日光，把野地里孤独的兽映照成一种静止的雕塑。它静静地凝视自己在旷野上长长的影子，仿佛凝视一种死去的尊严。

“那么，活着只是各式各样的妥协与苟且吗？”它一而再、再而三地逼问自己。

岛屿上一次大规模的静坐刚刚结束。

民众聚集在以收藏古代文物著称的博物馆的广场。他们很安静地看着政客、官僚和学阀们，在众多的古代文物间进进出出，交头接耳，盘算着一些民众不了解的计划。

“所以，”那头脸细小圆滑的学者缓慢地说：“其实，岛屿是一向有着被侮辱的传统的。”

有关岛屿三百多年的相关历史事件的资料，全部被集中在一所著名的大学中。大学的研究中心即聘任了这名头脸细小圆滑的学者，担任整个研究计划的主要负责人。

从大学部的学生到研究层次的研究生，乃至于研究助理及各级的研究员，层层负责着不同阶段的史料分级。他们在长达数年的时间中，搜集了完整的史料，严密而精确地条列每一件史料，并以极科学的方法进行研究。

头脸细小圆滑的学者非常坚持每一层级的研究人员都必须“面无表情的”面对每一件史料。

“以确保历史研究的客观性！”他常常这样向学生们叮咛。

“面无表情”变成了整个学术研究的最重要的格言，甚至，为了达到对研究的绝对客观，他们训练研究人员彼此以外来的语言交谈；他们相信，母语本身即沾带着“情感”的不客观性，“而‘情感’——”学者面无表情地说“是研究学术的大忌”。

民众其实无法了解“面无表情”的必要性。他们在大学的附近，看到“面无表情”的学者和“面无表情”的学生，偶尔会想起一种生物实验中的标本，徒具生命外壳的穿山甲，或龇裂出牙齿的鼬鼠，它们其实是有“表情”的欲望的，但是，似乎又已经被剥夺了“表情”的可能。

但是民众保持着对“面无表情”基本的尊重。这项庞大的研究计划动用到了岛屿上劳苦工作的人们大量的资源，但是，人们并不抱怨，他们认知到一种历史回溯的必要性，他们认知到生活在岛屿上的人，多么需要一个有自信的过去，作为他们可以继续在岛屿上生活的理由。

“其实，岛屿是一向有着被侮辱的传统的。”

当头脸细小圆滑的学者做出了这样的结论时，等待了数年的民众愕然了。比较勇敢的民众追问了一句：“因此，那表示，我们将继续以侮辱维生吗？”

代表整个学术研究计划发言的这名头脸细小的学者不愿意陷入民众低层次的情绪中去，他仍然谨守一名学术研究者严格的分寸，他只是面无表情地再重复了一次结论：“岛屿是一向有着被侮辱的传统的。”

他最后这一次的发言是以外语公布的，经由他的一名研究助理翻译出来，刊登在岛屿最重要的学术刊物上。

据说大部分的民众不能完全了解他在使用外语词汇时的意义，他的研究助理又力图持续保有“面无表情”的研究者分寸，因此，对于这样的结论，大家都感觉到一种无以名之的惶然。

于是，民众只好从学者的脸上阅读可能的讯息，他们看到一张小小圆圆的脸，短而微微八字的眉毛，一颗永不透露心事的讲话时不停转动的小小的眼睛，一种轻声细气仿佛交头接耳的声音……

民众的阅读其实是不可能有任何结果的。因此，伊卡，我们只是在岛屿被侮辱的历史中留一点不甘心的痕迹吧。

二〇一五年五月八日

独白

关于M国最新公布的国防报告，强烈告知岛屿的军事设备多么落伍，若是一旦北方发动攻击，岛屿将立刻陷入无力招架的悲惨境况。

M国的军事报告书隔几年发表一次，但从未像这一次这样措辞严峻。

军事报告书详列了北方拥有的各种先进武器，警告岛屿的执政者，若不立刻添购M国的新式战备，将失去任何防卫的可能。但是军事报告书又同时即刻补充说：M国一向站在台海两岸的和平基础考量下，希望“维持现状”。而“维持现状”的最佳方式就是尽快以每年岛屿“国民”所得的百分之三的数字，添购M国新式武器，以巩固岛屿的防卫。

看起来像是军事报告书，但看到结尾，又像是兜售商品的行销高手的广告。

二十一世纪如果还有“殖民地”存在，应该是很“另类”的“殖民地”，而强迫推销商品，威胁利诱，都是使岛屿不自觉成为“殖民地”的高招。

所以，岛屿未来何去何从？执政当局，将要执政的当局，都必须是CEO的高手，否则，只有一再被屈辱的剥削出卖吧。

当然，下一任岛屿地区领导人的候选也必须在适当的时机向M国报告采购军事武器的结论。

奶

岛屿上对于女性和男性的奶的形状有许多派不同的意见。

比较文雅的说法，常常并不用到“奶”字，而是改为含蓄一点的“健胸”。

当然，在严密的生理解构学上来看，“奶”并不等同于“胸”。这也使岛屿上许多对语言学有研究的学者大为不满，认为这种对于语言的混淆，将严重影响岛屿上人们的思维能力。

“我们总不能把‘鸡胸’，称为‘鸡奶’吧！”一位学者愤愤然地这样抗议，并且发动了学生，把一个城市中有关“健胸”的广告在一夜之间都撕掉了。

这位学者也去函许多相关的政府单位和民间企业，要求把“健胸”一词，正式更改为“健奶”。

学者在呈递到各界的陈情书中，基本的论点是：只有男性可以称为“健胸”，女性必须正名为“健奶”。

这篇陈情书，没有想到引起了部分女性强烈的反感，认为是对女性有意地诬蔑和敌视。闲杂的媒体记者又挖到有关学者同性恋的隐私，借此大加渲染，引以为学者歧视女性的重要把柄。

学者受到的打击是可想而知的。

比较宽容地来看，在岛屿经历各种意识形态的转变中，对于一些看起来细枝末节的小事，那种近于吹毛求疵的要求，未尝不是人们开始思维辩证的起点吧。

“荒谬原来就是导正思维的开始。”

学者在打击过后，逐步疗养好受伤的心情，他仍然不失为一名颇有生命力的学者，也为自己准备了一次环岛的独自旅行。

其实他在旅行中，还是摆脱不了“奶”的纠缠的。

“奶的蛊惑——”他敲敲自己的脑壳，希望能停止各式各样的奶在头脑中晃来晃去的负担。

“奶是因为吸吮而成形的——”他也曾经在笔记上这样记录。

哺乳成为生物的一种现象，才有了奶的演变；他非常坚持这样的论点，也试图在人类学的基础上和与他为敌的女性主义者们进行理性的沟通。

他阅读了一些人类学家在“奶”的形状上做的极科学的论证，的确证明了他的部分论点。

例如某一个山区里的部族，由于女性劳动的结果，生产后的女性，必须一面背着婴儿，一面进行农业生产，因此，几乎无法给婴儿哺乳。

“但是，人类永远不会陷在困境中，相反的，人类的价值正在于不断解决困境——”这名人类学者在著作中这样强调着。

这些背负着婴儿进行农业生产的部族女性，最后，在长达数十万年的演化过程中，竟然发展出了一种非常长的奶的形状，可以在背着婴儿工作时，只要婴儿一啼哭，母亲就从前胸把奶甩到后面去，婴儿可以轻易地吸吮，母亲也可以不必停止手中的劳作。

学者翻阅这本人类学的研究报告，很仔细地察视人类学家拍摄的照片，照片中的女性都有着长达胯部的奶，甚至还有几位把奶打了结，交叉在胸前。

“岛屿在意识形态的观念革命中，一定要习惯这种科学的论证——”学者又找回自信，也筹划着回到城市后另一波对于“奶”的发言。

这本人类学的报告，学者并没有看完，有关这个长奶部族后来的发展，其实是很引起人类学家忧虑的，因为在工作中，许多母亲把奶甩到后面，用力过猛，常常因此打伤和打死了许多婴儿，“奶成为一种暴力，是始料未及的。”人类学家做了这样的结论。

二〇一五年五月九日 独白

岛屿新近的示威是来自一些孕妇的生命。她们走上街头，裸露出怀胎的肚腹，在肚腹上画图，写标语，试图唤起大众对孕妇的关切。我最初以为是关于大众交通系统上争取让座的权益，因为好几次看到孕妇挺着大肚子站在博爱座前，年轻学生继续滑手机，不理不睬，的确觉得应该有更强势的呼吁。但是孕妇运动的诉求更本质提出了对孕妇的尊重，似乎回到了人性的自然规律的探讨。我才知道有多少孕妇在近数十年被剥夺了自然生产的权力，动物在“痛”的艰难里生产的意义被忽略了，一位孕妇这样阐述。原来我无从理解的孕妇生产的状态已经被大多数医院制定成“剖腹”，也就是“剪开会阴”，让婴儿没有困难就滑出产道。“那不是造福孕妇吗？为何要抗争？”不只是男子不能理解，连同一些剪过会阴剖腹生产的妇女也似乎不完全认同这革命的意义。

生命在艰难里存活，一切的艰难都不曾阻碍存活意志，却相反地使生命更为坚强。

许多先进文明重新检讨母亲哺乳的重要意义，许多文明重新检视孕妇自然生产的重要意义。人类总是一再犯错误，又一再修正，像生产前的阵痛，是警告，是艰难，也是期待、喜悦，是母体与新生命交换的不可取代的殷切密码吧。

马

岛屿上据说原来是没有马的。马究竟如何引进到岛屿，甚至数量可观地繁殖了起来，成为人们一时关切的问题。

“如果马不是岛屿原生的，那么，它有可能是在古早移民的时代从北方的草原上引进的。”一名对马的育种有研究的专家曾经做过这样的推论。

但是，这名专家的推论还没有机会发展，就被激烈的发言人严厉地斥责了。育种专家当然觉得有些委屈。他在早餐桌上咬嚼面包的时候，沮丧地看着桌子玻璃反光中自己长长的脸，以及鼻梁两边分得比较开的两只孤立的、圆圆的眼睛。

他打开报纸，重新阅读了一次那篇署名为“马非”的作者攻击他的文章，标题是：马的育种与大国沙文主义情结的末路。

关于马在岛屿上近四十年来的育种繁殖都是他的贡献，他的学术理念当然不会轻易被那些“宵小般的政客”所动摇。

“宵小般的政客——”他鄙夷地放下报纸，又看到了早餐桌玻璃反光中自己如马的长长的脸，和鼻梁两侧分得很开的眼睛。

在长达四十年马的育种过程中，他最大的收获是发现了岛屿上的马和草原上的马在眼睛位置上的明显不同。

一般来说，马在辽阔的草原上，需要“眼观四方”，视觉角度的经验是非常辽阔的。“人类的眼睛长在前端，是因为人类已经不需要太大的视野——”育种专家这样想。他发现大部分草原上的马，眼睛都分开长在两侧。“假设我们的眼睛分别长在耳朵的位置——”育种专家在镜子中模拟了一下，他想“那时人类视觉的经验将完全不同吧”。

育种专家甚至相信，马分别长在两侧的眼睛，看到的景象是不一样的。“左侧的眼睛看到左边的景象，右侧的眼睛看到右边的景象。就像两张照片拍摄下来的景象，最后在视神经中统一，输送进脑的记忆系统中去。”“就像电脑的‘合成’。”他这样比拟。

“因此，草原上眼睛长在两侧的马，大约合起来有两百二十度的视野。”育种专家在札记中做了这样的纪录。

但是，岛屿上的马，眼睛的部位明显的转移到了前端，“它们的视觉宽度必然受到眼睛部位的限制——”育种专家这样说。

这是为什么他发现岛屿上的马的确是从北方草原地带引进的。“只有物种的演变说明着一种生命的历史——”他感慨地思索着：“引进岛屿的马，在漫长的时间中，逐渐放弃了草原上辽阔的视野，开始适应岛屿多山的狭窄空间，也逐渐改变了基因，在一代一代的遗传中把眼睛的视野需求调整到适应岛屿地形的状况。”

如果没有太多的成见，育种学者这些缜密的思考也许是岛屿建国的成员也可以理解的吧，在艰难的移民适应现况的生活中，物种的改变，其实应该是独立建国最重要的基础吧。

育种学者最后还是回到玻璃的反光中细细观察自己的脸。在长期对育种的熟练经验中，他当然发现了自己的脸是越来越像一匹马的五官了。

“难道基因不只是一种生理的存在，也可能在心理中反映出来吗？”他大胆的这样猜想着。他确定自己身上并没有马的生理基因，但是耳濡目染，他相信自己身上是已习染了许多马的心理基因吧。

在岛屿的“领袖”新近戏谑了一名官员长得像马之后，育种专家更惊觉到岛屿上人的五官的确似乎习染了马的基因。他匆匆吃完了早餐，感觉到肠胃蠕动，许多饱胀的气体渴望着放泄，他便挪移了臀部，一面思考岛屿上马的蔓延，一面放泄了大量的屁气。

二〇一五年
五月八日
独白

岛屿中部一处叫作安和的地区发现了大坌坑文化同时期的遗址层，相当于距今四千八百年前的新石器时代早中期的生活聚落。有手工制作的陶罐，也有墓葬群的发现。

考古学者借着这些出土的墓葬形式推论岛屿初民生活的文化内涵。

没有受到不学无术的地方民意代表和政客们的政治干扰，这一次考古遗址的发现和论述难得保存了真正专业的纯净。

还是没有马的遗骸出土，岛屿上大坌坑文化与北方的关系还是暧昧不明。但许多学者更有兴趣的是岛屿和广大的南岛语系文化的牵连。

学者发表了一些图片，有一张母子的骨骸引起我的注意。

图片很清楚，是一名女性骨骸，怀抱着一名婴儿。

考古报告验证这了这名身高约一百六十厘米的女性性别，起初以为她怀中的婴儿骸骨是怀胎死去，因此确定是母与子的关系。

但更新的报告认为，无法确定必然是母与子。婴儿的性别，也无法确定。图片中的“母亲（？）”让我沉思良久，她（？）只是骨骸了，没有肌肉，没有表情，没有可以转动的眼珠，没有嘴唇，没有脸颊，因此无法判断她是惊恐，或是微笑。

她的确用没有眼瞳的空空的眼眶看着婴儿，仿佛无限慈爱，在长达四千八百年的漫长岁月里这样专注地看着婴儿，没有一点分心。

没有政治的干扰，初民的生活是可以如此宁静单纯的吗？

非马

人在小小的岛屿上陆续变成马了。

他在梦里看到各式各样的马，奔驰在岛屿的丘陵、河边、海域；它们身上的色彩斑斓夺目，好像海底游行于珊瑚水草之间的热带鱼。它们奔跑起来，摇动着长长的马鬃，仿佛鸟飞翔于空中。

伊卡依靠着一块海边的岩石睡着。他的有关各种色彩的马的梦，使他沉睡中的脸透露着婴儿般的微笑。

他甚至没有被马的蹄声惊扰。那些奔跑的马，一点声音都没有。它们的马蹄像是最好的乐师轻轻接触在琴弦上的手指，声音都仿佛是回忆中的声音，没有了重量。

那些马甚至跑到离他很近的地方，侧转着头，用清澈明亮的眼睛凝视着睡眠中的伊卡。

马的蹄声变成一种非常轻柔的、一波一波的海浪在沙滩上回环的声音。是的，一波一波的潮声使他在冬季岛屿淡淡的阳光中，依靠着一块岩石入睡，梦到岛屿上的人，陆续变成了彩色缤纷的马，美丽地奔驰了起来。

可不可能，岛屿的丘陵起伏，是为了这些美丽的马的奔驰？可不可能，马的奔驰是为了伊卡在冬日的忧伤里一次小小的梦境？可不可能，岛屿的存在只是为了成全那些色彩缤纷的马前来看一次伊卡婴儿般沉睡的面容？

伊卡，在岛屿寒凉的季节，我们似乎盼望着这个岛屿还有最后一点美丽的梦想；即使是美丽而不现实的梦想吧，如同人都陆续变成马的种种。

马陆续变成了人，曾经使岛屿上最后一批居民恐惧忧伤。看到那些装扮起来的马，放泄着恶臭的屁，出入于岛屿的“各个部门”，出入于“立法”、“司法”的机构，出入于选拔人才的考试与铨叙的单位，拉着长长的诡异的脸，两侧长着圆溜溜的精灵般的眼睛，穿着花色奇怪的衣服，装扮成雌的或雄的人脸，吐着使人惧怖的语言，露出贪婪粗鄙的牙龈，或谄媚巴结的笑容，努力在岛屿将要来临的“领袖”选举之前，使每一匹马都更装扮成人的模样，他（她）们也很努力地使岛屿未来的“领袖”也要继续保有马的特质，很努力地使未来岛屿的“领袖”一定要有一张长长的如马的脸，“马而装扮成人的模样”，他们在各种文宣中这样简明地昭告岛屿的人民。

马而努力装扮成人，其实是艰难的。即使很像了，总还有着一些马的习气，例如：较长的牙龈，窄狭的额头，分在两侧的圆圆的眼睛，或者偶尔露出如蹄足的手，或者偶尔放泄出使人难忍的屁气。

马而努力装扮成人，即使难堪，也许不应该有太多苛责吧。伊卡，在你沉睡于岛屿东部海边的岩石上时，我如此反省了我的愤怒，我的苛刻不悦，我的不能抑制的戏谑与调侃的本性。

因此，伊卡，我是不是应该宽容地看待每匹努力装扮成人的马呢？我是不是应该学会在那装扮美丽的雌马放泄着屁气时，有着更多对马成为人的过渡时期艰难的敬意呢？

我不知道，伊卡，我还是羡慕你在岛屿东部晴朗的天空下枕着一块岩石入睡。

伊卡，即使在岛屿有了何种变化之前，我们都不会忘记你美丽的梦想。那些岛屿最后的一批居民，陆续在你的梦中一一变成了彩色缤纷的马，它们摇动着如热带鱼尾鳍的鬃毛，它们如鸟展翅，它们曾经如何热爱自由无拘束的生活，奔跑于岛屿的丘陵、河流四周与浪潮沙滩的海域。

它们在一片翻飞的芒草花中静静奔跑着，伊卡，它一定会跑到你沉睡的身边，静静地看着你的梦境，等待你热泪中的欢呼和拥抱。

二〇一五年五月九日 独白

M从德国带回一匹玩具马送给我。

我决定画下这匹马，因此看了很久。

马是小马，有缰绳，有马鞍。它的四蹄下踩着弯弓一样可以摇摆的像跷跷板的装置。所以，它是真正的“玩具马”。是许多人童年时骑在上面摇啊摇的玩具马。

这样的玩具马当然不会奔跑，只能在原地摇晃。但是，所有的孩子都曾经这样摇晃着进入飞翔奔驰的梦境啊。

岛屿还能留最后一点做梦的机会给孩子吗?

许多城市也还有旋转木马，在彩色的帐篷下，围绕一根巴洛克式的圆柱，几匹木马，装配了马鞍、缰绳，让孩子骑在上面，在华丽的乐音中一直旋转。孩子欢笑着，他们真的感觉到马背上的颠仆，感觉到奔驰的速度，感觉到马匹飞驰起来时两耳旁呼呼的风。

岛屿还有最后做梦的空间吗?

亚斯伯格症的城市当局指责财团的肮脏，整个岛屿上的居民都在为他鼓掌。然而会不会他也忽然病好了，也像历来岛屿上的政客一样，准备和财团辟密室会谈。城市流传着新的故事，城市当局聘任的所谓整肃贪污的“廉政”机构，其实是财团斗争的工具，新财团斗倒旧财团，必然要在城市当局身边安置新的打手。

伊卡沉睡着，梦到他童年色彩缤纷的马。他不想醒来，岛屿的“廉政委员”新近决定提议，要烧毁所有城市的旋转木马，因为那些满足童年幻想的“马”，正是使城市不能进步的阻碍，“梦想是贪渎的渊薮”，他们提出这样逻辑的口号，让支持“梦想”的人一时都人人自危起来。

“廉政”“廉政”，多少罪恶假汝之名！

命相的领域不能依靠世俗现实的逻辑，
逻辑的理则推论越强，
越远离测知命相的本质。

宿命

我们用各种方式去探测未来，也许，在未来越混沌暧昧不明的时刻，我们越盼望着依靠一点点神秘的暗示，用来探测未来可能的线索。

我们手掌上就有一些似乎可以阅读的线条；人类从久远的古代开始，就在这些线条中阅读着未来的命运的种种，关于爱情、事业，关于吉或凶的一切可能。

手纹的阅读是极其困难的，据说，最好的命相家都无法准确地解读自己的手纹。

古代许多为帝王阅读命运的命相者多半是盲人。他们其实在视觉上是不可能阅读人的面相或手纹的。“命相的领域，一切的阅读都只是个误导，因为——”那位命相家在临终时这样交代将要承其衣钵的弟子说：“命相的终极并无暗示的线索，也没有解读的可能：命相的领域不能依靠世俗现实的逻辑，逻辑的理则推论越强，越远离测知命相的本质。”

据说，这名命相绝学宗师，便在临终前，亲手刺瞎了将承其衣钵的弟子的双眼。弟子恭敬承受命运，在鲜血迸溅前默默流下最后两行清泪。他从此再也不会流泪了，现世的种种景象在他的视觉中全部熄灭，是的，熄灭，就像照明的灯火熄灭，一切物象也随之隐没入无底洞的黑暗。

但是，他因此开始看到了未来，看到了命运的终极，看到变成婴儿流转于另一个人身体之中的师父，手中握着一柄尖锐的锥子，号啕啼哭，仿佛他已一一锥刺了自己的前生。

我们偶然感觉到的身体上无缘由的痛吧，我们偶然感觉到心中一阵不寒而栗的悸动，我们偶然盈满泪水的眼睛；不可解、不可知的种种，因为这些，我们在一个小小的岛屿相遇，相爱或彼此憎恨，那双被椎刺后如黑洞般阒黑幽静的眼睛，都一一探测到了，他也只偶尔说一两句不相干的话，对一般人而言，是完全不可解的。

眼神犀利的人其实反而是看不到任何未来的。

岛屿一向热衷于探知未来，个人的命运和国家的吉凶。在一个新的年度将要来临之前，人们更蜂拥至庙宇或各个命相的所在，祈求神的祝福与暗示，依凭这渺茫幽微的暗示，做下一个年度生命的预算。

但是他并没有走向庙宇。他似乎知道庙宇已少了神的驻足。

他坐在电脑桌前，凝视着荧光幕的变化。

他尝试设计了一种软件，把人诞生的年、月、日和地点，四种因素输入，然后他就静坐着，等候显示板上慢慢找到那一个确定的时空。

我们在完全空白的领域里找到了一个小点。这个点，既不占有时间，也不占有空间。但是，那个点，就是我们诞生时存在的最初的时间与空间。

“命相里最难的，其实就是这个点的寻找。”他这样喃喃地自语着，他的明澈慧智的眼睛定定地凝视着显示板。

然后，一刹那间，围绕着那小小的一颗红点，四周出现了密密麻麻的蓝色的小点，大大小小如星辰般密聚向那孤独的红点。

他阅读着那些小点排列的形状位置，“冥王星。”他以极科学的方式找到天空星聚的各种可能，也试图找到那些密聚的星和一个孤独的红点之间神秘的关联。

他所向往与深爱的一些小点移向星盘的某些角落，“魔羯，射手，水瓶，天秤——”他的眼睛忽然明亮了起来，他知道星辰的聚散竟是因为它们内在的一种宿世的深情，“所谓宿命吧——”他这样喟叹着，“所谓命相的终极，不过是宿世以来深情的牵连不断而已。”他又看到一群蓝色星群的小点移向那一点点孤独的红色。

二〇一五年五月九日 独白

所以，我应该更紧地拥抱你吗？只是因为无垠空间里那些星辰间宿命的记忆。

没有比紧紧地拥抱更使人陷入彻底寂寞的，我孤独的时刻，彻底孤独的时刻，才有了绝对的自由。

如同今夜天空的星群，如此密密地聚集在一起。

但是你知道它们彼此间的距离有多么遥远吗？

人类从来未曾真正测知过宇宙的辽阔，到底有多么广阔？

庄子好像发过类似的询问，然而他的询问被后来头脑迂腐的注解者用尺寸限制住了，失去了无边无际的想象。

不能大胆走进混沌与荒谬，无法测知宇宙真相，也无法知道时间与空间真实的状态。

人类依靠理智去测量宇宙，却误入歧途，越走越远，也越和真理偏差，失之毫厘，谬以千里。

宇宙的密码其实隐藏在庄子的“逍遥游”里，孤独而又自由，你刚觉得他是鱼，他已经是飞在九天之上的大鹏鸟了。“呵！呵！”仰望星空，就听到孤独者一声一声像叹息一般苍凉的笑声。

鼠

鞭炮声不绝于耳。岛屿上还是相信有一种惊天动地的声音，可以炸除邪祟，可以祈福。

岛屿其实继承了北方流传久远的许多习俗。包括他们把每一年的符号用一种动物来象征，总共十二种，每十二年轮换一次。

这一年应该是以鼠来做象征的一年吧！

鼠将要大量出没于城市的街道。在尖峰交通拥塞的时间，它们结队穿梭于停滞不前的车队之中，它们灵巧轻便的身体，引起在塞车中急躁不堪的市民侧目。然而它们颇为优雅，它们向每一位失去教养的城市居民频频点头致意，陆续走向一些岛屿当局竞选的总部，准备占据每一个麦克风，向市民发言。

城市居民依据以往的习惯，看到鼠辈穿梭横行，第一个反应就是脱下脚上的木屐，一股脑儿砸下去。有时砸得鼠仔肠肚迸裂，有时鼠仔吱吱叫着逃跑。这样的方法逐渐不被采用了，一方面因为经济好转之后，岛屿居民的鞋都比较讲究，用价值昂贵的鞋去砸一只肮脏的老鼠，将使鞋上沾满鼠尸的血迹，这是城市化后的岛屿居民不再愿意做的事。

另一个原因是一般人不完全了解的。不知道为什么，在进入九〇年代之后，岛屿上横行的鼠，有了完全不同的智慧。它们不但文质彬彬，懂得向人们含笑致意，也几乎有了与人们完全相仿的姿态与表情，常常穿着休闲服，和民众握手寒暄，或者在适当的节日去庙宇中朝山进香，祈求国泰民安。

鼠辈的参与国事，使人们不再对鼠辈有脱下木屐来砸的冲动。

“鼠，或许将在最近的几年中演化为人了吧！”岛屿居民穿着皮质精良的皮鞋，走在红砖铺设的人行道上，看到一列扶老携幼走去卡拉OK唱歌的鼠群，颇感安慰地这样反省自己过往对鼠的暴力。

鼠并且开始写作了，发展出了鼠的文学，还得到一些重要的文学大奖。

鼠并且开始学习戏剧了，和一些职业的剧团合作，细声细气唱起了人们未曾听过的一些鼠音的腔调。

人们没有想到，鼠在舞台上的装扮是颇为娟秀的。它们在额头的部位贴了一些珠钻闪亮的翠玉装饰，它们在两腮涂染了红红的胭脂；过胖的雌鼠也懂得用“贴片子”的方法稍稍遮掩住它们肥凸的鼠颊，于是它们轻移莲步，用前肢模仿着一些如兰花般的手指动作，妩媚地轻摇着臀部。

鼠的这一年，将是岛屿上可以承续着富庶与太平的一年吧！

人们对于鼠的逐渐在城市各个角落取得重要的位置有一种莫名的兴奋，也有一种莫名的恐惧。

但是岛屿的居民总是以比较宽容而且乐观的心情看待一切变化的。

“何尝有一个国家有这样多的鼠的政要呢？”人们这样想，也颇为自豪地感觉到岛屿独特政治形态的骄傲。

鼠又逐渐成了财富的象征。许多岛屿居民甚至看到鼠在家中经过，便立刻合掌敬礼，表示财神的来临，心中欢喜极了。

逐渐取得政权的鼠，又逐步垄断了岛屿的财富，也开始暴露出鼠的贪婪、阴黠，搜刮一切和贮藏一切的本质。

但是，人们还是很开心地为了鼠的来临欢天喜地庆祝着。他们放了一夜又一夜的鞭炮，他们试图用祖先传下来的方法炸除掉一切肮脏、污秽、邪恶，他们期待在政权和财富中的鼠有自我节制的能力，“如果没有呢？”孩子们天真地问，母亲便说，“那只好一夜一夜地放鞭炮吧！”这时，父亲却爬到床下去翻找祖父穿过的木屐了。

二〇一五年
五月九日

独白

童年的生活记忆是和鼠这一类动物分不开的。常常在屋子的一角发现飞蹿而过的鼠，有时是一只，有时竟然是一排。夜晚睡觉时，也常常被天花板上老鼠出没的声响惊醒。

在那个冰箱使用还不普遍的年代，食物常常盖在纱罩里，食物的气味一定很容易招引鼠类在夜里寻味而来吧。

家家户户也都有腌渍的食物，风干腊味，都用钩子悬吊在屋梁上，肉类的气味当然对鼠类是莫大的诱惑。

有时奇怪的是，即使没有食物，鼠类也照常出现。简直像定时上班打卡一样，在餐桌上留下细细的足印，地上散落一些花生壳，或半截咬过有齿痕的肥皂，都使人知道你熟睡时，它们还是来过了。

偶尔失眠，在不该醒来的凌晨醒来，一开灯，就看见一只鼠，瞪着圆圆眼睛，仿佛十分恕怒，“你怎么在不该出现的时候出现——”它脸上惊讶询问的表情，一时也让屋子里的人怀疑起自己究竟是不是主人。

种种，前世和来生的诸多困扰，
在此刻，借着一种割断的力量，
交错重逢了。

或许，人与鼠，只是在不同时间拥有这间屋子的主人吧。

童年最奇异的经验是忽然在长久未用的仓库角落，发现了一窝刚出生不久的新鼠。粉红的肉色身体，蠕动着，眼睛还没有张开，它们如此幼小细嫩，使人不忍。发现的人自觉残酷，便平平放在路边，像基督圣经里彼拉多洗手后说：这义人的死与我无关。

儿童们经过或拎起尾巴玩耍，听幼鼠吱吱的叫声取乐，或放在马路上让车轮碾过，或浇煤油点火燃烧，不一而足，都让人回想起童年鲜明又惨厉的记忆。

在市区的河边，鼠类蔓延非常严重，它们有时无食物可吃，便以啃嚼瓦斯管充饥，瓦斯管因而漏气，引发主人睡梦中中毒，或忽然爆炸，一声巨响，鼠类是可以如此成为谋杀的罪犯的。

莲花

人们相信一种肉体上的仪式可以转化为精神。如同古老的宗教修行都从剃去头发开始。头发应该是人的肉体上最可以割舍的部分吧。

他感觉到锐利坚硬的刀锋一一断去了发根，从前额移向两鬓，他感觉到发根断去时那种拉扯的力量，好像很多的眷恋、很多的依赖、很多的牵挂、很多割舍不去的千丝万缕的纠缠，在冰冷坚硬的钢铁刀刃的锋利下，一一断去了。

他也可以感觉到那些割断的头发，好像失去了重量，轻轻落下，好像黑暗的冬夜静静飘落的雪片，落在他的前胸、两肩，落在他盘坐的膝上，落在他交握的手中。

这是最轻微的肉体的离去吧。他静坐冥想。

眼前有许多幻影，那些如星辰般美丽的烛光，一寸一寸燃烧着，它们也是在舍弃一部分的身体中冥想光亮的意义吗？

然而雪这样无边无际的落着，在阒暗的冬季夜晚，有诵念的声音，有轻微到不容易察觉的呼吸和人的体温，有割舍和告别时的叮咛和嘤嘤的哭声。

当果实在冥想作为花的时刻，那种种的微风摇荡和日光移转的午后，有千万种华丽灿烂，如同蛹眠中的蝉，忽然想起了一个夏季的悠长的叫声。

种种，前世和来生的诸多困扰，在此刻，借着一种割断的力量，交错重逢了。

因此他想这断去发根的仪式，终究也只是一种幻相，以为借此便了结了前生和来世的种种因缘吧。

其实有很多重重扑倒在寺庙大殿中的身体，断去了筋骨，断去了手足，糜烂了眼耳鼻舌，糜烂了躯体和脏腑，如同那古老经文中所说的各种舍离肉体的方法，如同在火中煎熬的油膏，如同肉体混杂着污秽粪土，不再期冀美与洁净，只任凭肉体如土中的腐叶，不再有形状的坚持。

在冥想中他觉得发根的断裂，仿佛大地震动，那只是躯体瓦解的开始吗？

躯体的欲望与躯体的瓦解，他的冥想回到许多肉体欲望的记忆；那些热烈潮湿的唇的吮吸，那些温热的摇荡起来的乳房，那些交媾着不自制的肉体，剧烈的心跳和喘息，那些纠缠着无以自拔的肉体与肉体的宿命，如何割断、舍离，如何捐弃，像这些纷纷坠落的头发。

削去了发丝的头皮，有一种青色的光，仿佛出生的婴儿，很稚嫩，也很羞赧。但是，他微笑着，觉得这样简单的仪式，却可以是种种忏悔、种种舍弃、种种烦恼与痛苦的解脱。他知道这是幻相，但是，幻相也罢，认识欲望是一种幻相，有一种领悟的喜悦，认识悔罪舍弃，也不过是一种幻相，或许，最终连领悟也只是幻相，喜悦何尝不是幻相，剩下的，只有对自己悲悯无奈吧。

所以，微笑是因为对自己有了悲悯；知道不仅欲念种种是幻相，连这静坐冥想，连这样的断发悔罪也都是幻相而已。

河流上亮起了一些火光。

好像是烧剩的尸骨在黑夜中燃起的磷火，一种带青色的光，幽幽地飘浮着，随河面上的风流转。

从岛屿的富有繁华出走，他记忆着某一个夏日，那河流上盛放的莲花，非常轻盈，也是这样，随着河面上的风流转摇摆。

他想从莲花上渡河到彼岸去，从一朵一朵盛放的莲花上轻轻踏过，流水如歌声，莲花便如婴儿的笑靥，而一切沉重的烦恼都消逝了，他只是一直走向彼岸，走向彼岸，消逝在无边无际的莲花之中。

二〇一五年五月九日 独白

有一棵好大好大的树，从根部就开始分岔，枝丫横生，没有阻挡，多年之后，就张开在日光下，完全像一张美丽的华盖，像一张可以遮蔽烈日的巨大的伞。

许多人在城市都会住久了，误以为树木都是行道树。树木如果不受挤压斩伐，是可以从根部就横向生长的。像热带的雨豆树，或凤凰木，只要有足够空间都能完全张开，自在地向四面八方伸展他们的枝叶，肆无忌惮，用这样的姿态，接受完全的阳光、完全的雨水，完全的自由。

所以或许都会的树木太受委屈了。然而，都会的人何尝不是在委屈中活着？

乞讨者

第一次看到她，想到“佝偻”两个字。“佝偻”在字义上大约是指肢体的扭曲变形吧，但是在日常用语中却是冷僻而且有些意象不明。

她的双腿萎缩得像一枝弯曲的藤蔓，当然没有办法用来支撑身体。她行走时，因为腿无法支撑，其实是利用双手的臂力，两只手臂因此锻炼得非常粗壮。因为长期用手行走，手的行走速度也非常快。每当看到有路过的行人，她就把双腿挂搭在肩膀上，用两只粗壮的手臂支撑起身体，迅速地移动过去，阻挡住行人的去路，乞求财货的施舍。

她在这一带行乞已经很久。夏天时她平常栖止在树荫下，蜷伏着休息。她的听觉似乎特别敏锐，一旦有行人远远走来，她即刻警寤，像一只备战的动物，快速地移动到行人面前，很少有任何遗漏。

行人看到她以手替脚，快速走来，大都有一种不忍，多不假思索，很快掏出一些钱给她。

但是，她并不改变行乞的区域。这一条路上通过的行人，除了偶然外地的来客之外，大部分还是附近的居民，日复一日，他们对这样一种肢体佝偻的乞者的不忍也逐渐减低了。

一个比较寒冷的早春，她围裹着脏旧的花布，褴褛地如狗般伏在路边，一点点气力微弱的阳光照在她身上，她似乎在努力尝试拉扯花布，把身体各部位都围裹好，也许为了御寒，也许只是一种习惯的仪容整理吧。

那个穿灰风衣的男子低头走来，声音静悄，连一向感觉敏锐的她也几乎错过了。

她急速地把双腿挂上肩膀，奋力如螃蟹般立起，快速在地上挪移着，以最直线的路径试图阻挡那穿灰风衣男子的去路。

男子似乎没有觉察到她，或者是视而不见，他行走得像一个完全没有重量的落叶。那行乞的女子几乎到了脚边，却被他仍然一无意识地擦身而过了。

行乞的女子似乎从来没有这样被羞辱过。她涨红了脸颊，更为奋力地在铺满了碎砾石子的路上用手奔走起来，石砾被她的手掌手肘击打飞溅起沙尘，她的手肘各处也擦伤磨破出血。

因为急速的追逐，她的喉口发出“呵！呵！”如愤怒或负伤动物体腔内的喘息的声音。

男子似乎终于发现她了。他回过头，看到蓬松杂着草屑的头发中一张卑微可怜的皱缩着五官的脸，半张的口中仍“呵！呵！”喘着大气，然而已向前伸出那被磨得都是血迹伤痕的乞讨者的手。

“她要测试我不忍的底线吗？”

那穿灰风衣的男子低头惘然地凝望着乞者。

“我们对肢体上的痛楚这样不忍，对心灵上的痛却可能一无所知。”

男子自然是在许多人认为自私而且残忍的状态下静观乞讨者的种种，包括她花布遮蔽不住的手肘，手肘上给石砾戳擦的血迹。

“大部分心灵上的痛，因为某种自负与骄矜，不能如你一般安分做一个乞讨者，不能忍受难堪与羞辱，所以便更加重了痛的负担吧。”

这灰衣的男子是在岛屿早春季节虚无自绝的生命之一。在良知的媒体披露女子乞讨街头的图文报道下面，有一则小小的死亡讣告，便是他毫不起眼的离去的消息。

二〇一五年五月九日
独白

那是我自己要离去的讣告吗？因为对岛屿无可奈何的爱，因为肉身的记忆，因为夏日最后的蝉声，因为流水汤汤，我总是看着流逝的光影，不知如何是好。

黎明时分，在大树下静坐，诵经。大约初日一线一线阳光照透林木叶隙，鸟类开始苏醒了。

一声一声鸟鸣，像迎接曙光的欢唱。坐在树下，曾经动过一念，“痛苦的生命都不再痛苦——”，然而这或许是巨大的贪念吧。“悲悯”若是贪念，不是也极其荒谬吗？刚刚读过的经文说：如我昔为歌利王割截身体，我于尔时，无我相，无人相，无众生相，无寿者相——是这样清楚的意思吗？对自己也无悲悯，对众生也无悲悯。“实无一众生得灭度者——”

我从静坐中起来，走到河边，回头看树下刚才静坐的一张床榻，似曾相识，仿佛留在人世间自己肉身的一次印记。

然而我知道那是要告别的讣告。

所以身体节节肢解时，无一点憎恨，因为我和憎恨者说：“你知道吗？人者，我比你更憎恨自己。”

微笑

伊卡，如何向你转述岛屿经过一个阴霾潮湿的冬季之后那四处绽亮的和煦而且美丽的阳光。你总是那个最早注意到花的开放的喜悦者之一，你说："深山里的早春的花应该开得更好了。"这好像是一种约定，又好像不完全是一种约定。

如同我们去年秋季一同看过的岛屿北端初生芒花的芒草。你还是异常喜悦地宣告着："一整个北端山脉的棱线都覆满了如雪一般洁白的芒草花。"

其实是在许多繁重劳累的连续工作之后，偶尔趁一个假日的清晨，便和妻子儿女走向那一片芒花的山丘。

有多少溪涧的记忆，溪涧中嶙峋的石块，石块边游动着长水草，水草间栖息静止的鱼。

你慢慢调整了镜头，鱼就在视线很近的地方了，有些透明的身体，可以看到细密的鳞纹下脊骨整齐地排列着，轻轻摇动的尾鳍，静静张合的仿佛呼吸着的两鳃。

一只很安静的左手，稳定地托住照相机的机身，右手的食指“喀”地按下快门。

岛屿上许多孩子成长中看到的鱼，看到的水草，看到的石块，看到的溪涧便是这一个永远的记忆。

于是他微笑了。

他看到鱼和水草的游动，看到水波荡漾中流淌着岛屿浩渺的天空中一丝丝飘浮的白云。

伊卡，我在如亲人离去般的哀伤中，和你转述岛屿初春的阳光和它恒常不变的安静的微笑。

从埔镇回来，叙述着族中老祖母用老方法腌制的梅子，要特别加放紫苏的叶子，你的微笑是要说那久远的人的生活多么值得赞叹欢喜吗？

还有服兵役时那经常被视为勤苦差事的海防，你也是以静静的微笑告诉我岛屿某处绵亘平坦的海岸沙丘，告诉我关于海河交会的位置那些招潮蟹的出没以及潮汐涨退，海水与河水形成的环流种种。

在岛屿上，有人记忆着烦恼、仇恨、痛苦的时候，你的恒常的微笑便仿佛这初春的日光，使我一再地记起：花的开放，鱼的游动，云影的来去，而河流总是一次又一次和海洋的潮汐履行从不爽约的约定和许诺。

有时候会交错一些有关你微笑中的面容，比如在资料堆积如山的工作台上劳累到深夜，那偶然闭目调息的片刻，用手指轻轻按压着眼角，譬如在繁杂的事务中听到人的争辩纠纷，那种特别温和而且坚定的笑容，特别安定而且坚持的平静的声音，使争辩激烈的双方都能缓和下来的安静而永不放弃的笑容。

也可以是在解说一个复杂的科学知识时，那种不惮其烦的细节的周到，聆听者终于理解了一个细密不可思议的知识领域的迷人，聆听者和讲述者便都有了一种微笑，感觉到生命用这样的方式使自己进步的喜悦，觉得可以和宇宙深奥的神秘、无边无际的宽阔有了对话。

我们曾经一起走过故乡一些老旅游者走过的路，两百多年前，他们渡海在岛屿的南端下岸，沿着海岸线北上，经过一些宽阔的布满卵石的河滩，河滩在枯水期，卵石间生长着顽强而且可以随时改变命运条件的植物。

“在台风暴雨来临时，这里就是一条汹汹的大河。”你站在卵石间，指着宽阔的河床，尝试在地图上注明那些老旅游者行进的路线和渡河的方法。

伊卡，我在盛放着花的初春的岛屿，看到河流蜿蜒，水田间新插好的翠绿的秧苗非常齐整，而那离我远去的仿佛亲人的面容，就在我的泪水中坚持着恒久而安静的微笑。

是的，仿佛整个岛屿都在微笑，笑成一季一季的阳光、花朵，笑成长河大海，笑成天上无边无际的星辰。

二〇一五年五月九日 独白

这是怀念一位早逝的朋友的文字。

他逝去时我哭得很哀伤。后来发现是因为自己少掉了可以在烦躁仇恨时平静看着我微笑的朋友。

善念引发善念，所以，岛屿的仇恨如此多，是因为我们自己都不克制了吗？

没有足够自信，没有安定的微笑，沉默的包容，彼此便习惯用最恶毒的语言和表情相互攻击。被攻击时如此愤怒，恐慌，激动，但是我们没有攻击过他人吗？曾经想过那被攻击的人在那时的痛苦与愤怒吗？

他逝去了，但微笑的表情一直在。

仍然提醒着许多接触过他的人，知道如今濒于仇恨疯狂的岛屿曾经有过的最好的人性品质。

战争

在岛屿近海的领域，由于战争的惊恐，大部分的渔民船只都停止了作业。

平静的海域透露着潜藏着的不安。

除了小部分为了商业利益前来的媒体记者和为了政治野心前来的政客，依然用空洞的口号叫嚣，表示无惧于一切威胁之外，大部分的岛屿居民其实有点茫然，他们并不确实知道战争的实际状况。

“战争”好像一直只是一种词汇。他们也确实在电视新闻的画面上看到世界不同地区战争的报道；那些被炮弹轰炸成瓦砾的城市，街道上忙碌着在掩蔽下抬走受伤的人和死者的尸体。比较特写的画面则可以看到血流遍地中残断的肢体，以及那些抚尸痛哭的亲人。

但是，这些还是太遥远了。

长期以来，岛屿居民习惯了比这些更残暴血腥百倍的画面，来自新闻、来自影片、来自漫画，他们甚至觉得那些画面只是一种供人娱乐的刺激，并不是真实的。

当战争被描述得那么真实而且逼近的时候，他们觉得有些荒谬，变得无法断真实或虚假。甚至像看暴力血腥的影片一样，他们之中竟也有对这战争能够更刺激暴烈的期待的吧！

因此，悲悯是没有用的。悲悯甚至也只遭受着嘲笑。

他们为了对抗战争的威胁，便极力依靠着东岸远处另一个霸权国的介入。

在现今地球表面上最大的一个霸权，以快速的动作，调动巨大的航海舰队，驶入岛屿的四周。

许多集合现代最精密科技制造的武器，秘密地在两个霸权的争夺领域中陆续准备就绪。

人民其实是一无所知的。霸权的斗争与势力分配，远远超过了他们简单的头脑所能想象的程度。

伊卡，岛屿上其实有过非常单纯的领导人选拔的传统。在古老的聚落，比赛着如野鹿一般的奔跑，比赛着如野牛或熊与山猪的搏杀，比赛着在长条的粗藤上快速的攀爬，比赛着向雄峻大山一遍又一遍嘹远美丽的歌声……

伊卡，人类为何改换了选拔领导人的方法？要使人与人如此仇恨，恶意曲解和造谣、谩骂、诅咒夹着阴谋和暴力。

在领导人的选拔中被分化的岛屿居民，将世代彼此仇恨与对立着吗？将以阴谋与暴力终其一生不能有平和心境的追求了吗？

伊卡，古老的部族传统，在部族与部族的争执中，部族的“领袖”，在人民的围观下，空手赤膊，以角力折服对方，败者心服，胜者则受人民拥戴。

伊卡，我怀念你。我怀念这岛屿在海洋环抱中如沉睡于母亲怀中的婴儿。我怀念大山原野上盛放的百合花，我怀念你奔跑于百合花间时悠扬的歌声。

伊卡，我们的歌声或许可以战胜隆隆的炮声，我们的歌声或许可以使人知道一种真正生活着的幸福的盼望吧！

二〇一五年五月九日 独白

岛屿自从第二次世界大战之后，每年花费多少国民所得，购买M国的武器，好像并没有太多人关心。当新的“军事报告书”公布之后，岛屿被更强烈恫吓，表示若不接受更多武器的输入，“友邦国家”将不负责岛屿的安全。

是的，岛屿一直在各种矛盾中生存着，来自不同方向的压力。岛屿又将在二〇一六年选举新的地区领导人。新的地区领导人候选也谆谆告诫，必须“维持现状”。但每个选民对“维持现状”都有不同的解读。在选民纷争厮杀的同时，候选人多飞去M国，向公布“军事报告书”的中央机构表达对“维持现状”的真实内容。为何要飞去M国向国防首长报告岛屿未来新地区领导人的意见？岛屿居民其实始终是听不到这些私密的交头接耳的内容的。他们的纷争和厮杀也因此只让新地区领导人和M国的“领袖”耻笑，不值一顾而已。

杜鹃

可以比较安心了，不管是静看赞美或是静看辱骂。

河边水鸟行走的姿态，啄食的姿态，每一步一次停栖顾盼的姿态，都使我专注，仿佛天荒地老，它一直是这样一步一停栖、一步一顾盼。

岛屿变的匆忙、急躁，迫切于答案的心，使岛屿的居民非常不快乐。

因为迫切地要求答案，我们很难安静地细看过程，也很难有机会专注地观察现象。

迫切于答案的心，也使岛屿充满争辩、对立、攻讦、辱骂。

我们太执爱自己的答案了吧！

人的幸福竟是在答案中吗？

我们彼此寻找到的答案竟会如此不同吗？

我想起那个有趣的古老寓言：一群瞎子用手摸着一只大象，瞎子甲摸到了象的鼻子，他的答案是：像是一条管子；瞎子乙摸到了象的肚腹，他的答案是：像是一堵墙；瞎子丙摸到了象的尾巴，他就宣告：像是一条绳子……

这似乎是一个悲哀的故事，因为如果我们都是瞎子，我们也只是摸出了岛屿的一部分真相，便依此“真相”，开始了我们彼此的攻击和辱骂，瞎子甲责备瞎子乙的错误，瞎子乙攻击瞎子丙的误导，瞎子丙呼天抢地，叫喊着自己的答案遭受到了侮辱和曲解。

如果我们都是瞎子呢？

我们终其一生，只是在一个巨大的不可知的“现象”前做“瞎子摸象”的工作吧。

伊卡，我不希望这是一个悲哀的故事。

我只是想如何了解自己是一名“瞎子”这件事实，因此，我可以安心耐心地摸下去，我也期待其他的“瞎子”把他们摸到的部分告诉我，我们或许有机会从“瞎子甲”“瞎子乙”“瞎子丙”摸到的“管子”“墙”“绳子”中，慢慢组合出比较接近的真实的“象”。

瞎子摸象可以有比较乐观的结局吗？

也许很难，因为我们太急迫于知道答案了。

我们也很难承认自己可能是瞎子中的一名。如果认识了自己可以是一名瞎子，我们会比较有探索下去的谦虚吧。

伊卡，我渴望一种盲目，一种无边无际的黑暗。使我从视觉的自信与骄傲中退到更谨慎谦逊的处境，可以更认真地用自己的手法探触摸索事物的状态、质感。

使我专注的心多过判断的心，使我专注于过程的心多过渴求答案的心。我可以更专注于“微小”，而不那么“好大”、“夸大”吗？

花在一蓬一蓬开放了。

在岛屿明亮的春日阳光中，它们的名字叫作杜鹃。

据说，古早的一个帝王，渴望着春天的来临，便在死后化成了一只鸟，不断啼叫着、啼叫着。叫到从肺腑吐出了鲜血，溅红了刚刚绽放的花，一蓬一蓬的，人们就把那只鸟和那种花都叫作杜鹃。

伊卡，神话使我着迷。但是，我所受的教育，我所依恃相信的科学告诉我：帝王和鸟和花是不可能彼此幻化的。

我还是在自己阒暗的黑中做一名瞎子吧。

你可以听见我的“独白”吗？

我抚触着落在身上的花瓣，那些细致的转折，那些如血般殷红的斑点，那饱含着阳光和雨水的叶脉的滋润，那一朵朵张开如无数渴望的花萼，那颤颤如飞的花蕊的纤细，那在风中静静飘散的一种芳香……

伊卡，一整个季节都在宣告生命的美丽，那瞎子深幽阒暗的瞳眼中也只为此流下了清明的泪水。

二〇一五年
五月十日
独白

我想跟谁对话吗？没有！我只是渴望独白。

在四面环海的寂寞中，我想一直独白下去，像每一日每一夜潮汐的涨退，像每一日每一夜星辰的流转，黎明和日落，诞生和死亡，独白像一首歌，没有歌词，但是可以吟哦。你一定要出走，从恨或爱的纠缠出走，你才会知道真正“独白”的意义。

春日小镇

岛屿中部偏北的丘陵连绵起伏。苦楝树在三、四月间开出紫色的小花，濛濛一片。在春日雾气特别浓重的季节，一树一树的紫花在重重的雾的深浅浓淡中流动。

一条水田中迂旋安静的小路。唯一的骑着自行车下课回家的小学生，背上背着鲜亮的黄色书包。

我在北返的公路上透过车窗看到这样的景象，仿佛看到一种记忆，或是看到了心中的一种向往吧。

生活的劳累、艰难，或是不可言说的困顿，往往在一辆长途的公路车上变成一种画面，大部分旅客歪倒在座椅上睡着了。比他们在睡眠的时刻还要深沉地睡着了，静静的鼾声随着车子微微的摇晃，好像回到了婴儿时的沉睡，好像劳累、艰难，不可言说的困顿，只有在这旅途的站和站的中途，有了休息和栖止的片刻宁静。

少部分的旅客如我，只是呆看着车窗外一直流逝的风景。那些使我欢悦的山河，那些在山林中弥漫的春日的浓雾，那些在浓雾间闪烁烂漫如星辰般的亮丽的花朵，一树一树的流逝着。

雾气也在车窗的玻璃上凝聚着，凝聚到重量无法在光滑的玻璃上附着，便向下滑落，流成一条一条明亮如泪的水痕。

我的心思也许已经随那骑自行车的小学生远逝在迂旋的田间的路上了。

不能想象，为什么这些积水的稻田，水光倒映着天上的云层，秧苗的新绿就都在云层间飘飞。还没有长满的浮萍，一区一区，或聚或散。小学生在浮萍间丢了一粒小石子，惊动了几只蝌蚪。小学生骑上自行车走了，水波荡漾，蝌蚪也还在钻动。

靠河边的沙岸，长满了低矮的林投树。小学生走进这密不透风的林木中，有一点紧张、有一点好奇。树杪间挂着一些猫或狗的尸体，用白色的塑料袋装着，沉甸甸的。一种肉体的形状和重量，只是发着鬼恶的臭味。小学生一手捂着口鼻，仍然习惯地捡起一粒石子投掷在袋子上，发出“噗”的一声。

在岛屿一些大城市发展到仿佛如神话中的富裕糜烂之国的同时，大部分的市镇仍沉湎在这春日的安静之中。

老人蹒跚地走在市镇的大街上，一些悬挂着招牌，但是似乎没有太多消费者的商店门口卧着无事的狗。

老人记得从大街右转，将是一条上坡的斜路，通到纵贯线的车站。他还记得车站的样式，车站前约莫两三个榻榻米大小的花圃，种着小品种的杜鹃，杂配着紫、白、红三种颜色，在这个季节开得特别茂盛。

但是他找不到车站了。他在那记忆的陡坡上走了又走，绕了好几圈。在记忆中最确定的位置察看地上的一切痕迹。车站不见了。他有些怅惘，怀疑起自己的记忆是否只是一个老人的幻觉。他在电视上常常看到这种老人失智病症的介绍，似乎给子孙们带来很大的困扰。但是，他觉得自己异常清醒。连那些连开一个月的小品种杜鹃的颜色，他都记得非常清晰。“那么，所谓的老人丧失记忆的病症，就是这样的状况吧！”他喃喃地告诉自己，也奇异着如此清醒得丧失记忆的种种可能。

伊卡，当你的摩托车经过时，你停了下来。车子引擎的转速缓慢下来的声音，使老人抬头看你，你脱下了帽子，笑着和老人打招呼，你说：“爷爷，你在找车站啊！”

老人开始抚摸起那蹲坐在你脚前的狗。他忽然觉得这是在车站前一直徘徊的那只狗，没有食物，有着惊惧的眼神的狗，时刻躲闪着人的捕杀。但是，“如今长得这样健壮自在了——”老人欣悦地称赞着伊卡。

火车远远地逝去了。

二〇一五年五月十日　独白

二十年后，我带着这一册写于二十年前的《岛屿独白》来到东部的纵谷。很慢的火车，每一个小站都停。车上的乘客很少，摇摇晃晃，在睡梦间错过了要下车的地方。但他们似乎都不惊慌，四面张望，在月台上看外面一片无边的绿色稻田，过了初夏，绿色稻叶在风里翻飞，像一波一波的浪，极其温柔。“不多久，就会有青金色的稻穗了——”他这样想，然后开始思考这一站和自己故乡的站的距离，“是向北走吧？”他既是乘坐往南的火车，过了站，就应该是在坐回往北的车吧。

站务员站在花圃间浇花，等待这看来迷失了的旅客询问下一班次的火车时间。然而这旅客眺望着稻田，又眺望稻田尽头大山间渐渐要遥遥落下去的日头。他仿佛没有迷失，没有迷失的惊慌，他只是偶然离开了应该下车的地方，像去远足一样随意溜达。他看了一会儿落日，看晚云的彩色在山头变换。看到站务员还在浇花，他就走近看了一会儿花，“啊，这样繁盛啊——”“是垂茉莉——”“每天黄昏浇水啊——”

他看到远远有车驶来，心想：下一次错过应该下车的站，也会看到这么好的垂茉莉吗？

公鸡

一直在都市中心的公鸡，仍然纪念着它的农村经验，很尽责的“喔！喔！”地啼鸣着亮起来的早晨。

伊卡，我在这岛屿南方新兴的工业港湾城市的一家旅社，被不知何处的公鸡的啼鸣惊醒，有一点怔忡，拉开窗帘，窗外的确是汹汹的白日了。

童年有许多早晨是在公鸡或鸟群的嘈杂中起床的。

是谁仍在这都市的商业繁荣的区域豢养了一只公鸡？

公鸡仍记得古老洪荒以来它啼鸣的职责吗？

我拉起密不透风的窗帘，仍回到我的黑夜。白日与黑夜，对城市的族群已没有了确切的意义。人类利用电力改换了宇宙恒常的秩序。城市的族群在空调、灯光的调控中拥有了自己新的秩序。

我回到我的黑夜。公鸡的啼鸣只是都市中一种荒谬错置的乡愁吧。

在岛屿北端连日阴雨的季候里，潮湿和春天特有的阴寒，使我觉得头脑都壅塞了。那种驱之不去的湿冷，好像在每一个原来转动灵活的关节滋生了厚厚的霉苔。身体的僵直硬化便是从这些细微空间的阻塞开始的吧。

伊卡，当我注意到你富于弹性的行走和奔跑的节奏，我知道，青春仍是永远应该被热爱与赞美的品德。

只有这种富于弹性的身体，每一个可以灵活自如转动的关节，伊卡，只有宽坦如海洋的呼吸，如星辰般闪烁着永不疲倦的好奇与热情的眸子，应该一个世代一个世代地流传下去，被诗句礼赞、被歌声传颂吧。

城市的一个周日，许多居民的窗帘紧紧地密合着，阳光被拒绝了，他们沉睡在现代科技营造的黑夜之中。

只有那只被认为精神有些错乱的公鸡仍不放弃地啼鸣着，在荒凉的城市好像一种凄厉的、愤怒的叫喊。

火车经过岛屿南方的时候，穿过东部大山间的纵谷。一些在岛屿的交通线不容易抵达的市镇，在经济繁荣影响不到的地区，细雨和陆续开放的樱花，使小小的市镇像一段被遗忘在某处的诗人的俳句。

如果我们不那么在意火车的时刻，火车的起点与终点，火车的运输的意义就只剩下了单纯的移动。好像意识漂浮到记忆中的某一个场景，在那一处场景下车，站在记忆的月台上东看看西看看，和仿佛似曾相识的过客点头微笑。伊卡，我们其实不是在每一个站都下车的。大部分的时候，我们倚靠在车窗边的座位上，思索着到站下车的时间。

“终点站到了，先生。”

那名打扫车厢的服务员也许这样礼貌地叫醒了我们，在我们有点茫然不知所措的时候，很温和但也更确定地重复了一次：

“终点站到了，先生。”

那是永远将要下车的意思吗？

伊卡，我们也许想过站不下车吧，我们也许中途就想下车了，我们也许渴望着更便捷的中途不靠站的直达车，我们也许期待着在每一个车站略作盘桓，像我南来时无目的地在这些被遗忘的小镇中走走。

因为岛屿过去繁盛的伐木工业，这里形成过一个人口密集、经济繁荣的市镇。在伐木停止之后，大部分的工人都迁走了，只剩下一些老年的林业管理员。一个杂货铺的老板娘，在孀居了三十多年之后，仍然留恋这年轻时嫁来的伐木小镇，拒绝了在大城市中与儿女同住的邀请，独自经营着越来越没有生意的杂货店。在这春雨的季节，她想念起在港湾都市中做生意的儿子，以及新生不久的孙儿，就决定带一只自己养的公鸡做一次访亲的旅行。她花了一点时间才把那只粗壮有力的公鸡绑好。

带到大都会的公鸡，每一个清晨仍然尽责啼叫，引发了公寓住户的不满。“有这样没有道德的人吗？在公寓大楼养鸡？”住户纷纷向管理员抱怨。

女儿因此和母亲摊牌，要求母亲当晚带他的公鸡回东部去。“那是给你补身体的啊——”母亲骤缩着委屈的脸，公鸡仍然趾高气扬，努力要高声啼叫，却被握住了颈脖，无奈挣扎着。

二〇一五年五月十日

独白

这是朋友告诉我的一个悲伤的故事，是一个东部纵谷的母亲乘坐南回线去高雄给女儿坐月子的故事。她带了家乡自己养的公鸡，没有打抗生素，没有吃有毒饲料，非常自然长大的公鸡。但是女儿女婿都抱怨，因为没有人知道如何处理一只如此有生命力的活生生的公鸡。而且最糟糕的是，公鸡一每天清晨五点多就开始没命似的啼叫，吵得一整栋大楼的住户都不能睡觉。

母亲最后仍然带着她的公鸡回东部去了，在火车上许多孩子来跟公鸡玩耍，母亲原来悲伤地哭着，后来便决定下车时把公鸡送给其中一个和公鸡玩得特别好的孩子。

我的朋友或许因为知道我多愁善感，故意编出了这样快乐的结局让我开心吧。

宠物II

患沮丧症的麻雀，栖息在排放油烟的通风孔，对自己的邋遢难堪表示出一种彻底的无可奈何。

“为什么一定是我？”

当那个被指责收受贿赂的官员，无辜地向媒体记者表白他的一再遭人抹黑时，大家都注意到他那张扁而白的大脸。“好像用平底锅正正地打了下，脸就有了一种饼似的扁阔。”看着官员占据了电视荧幕许多空间的一张可怕的大脸，那个刚做完面食的厨师无端想起了他的大饼。

他服务于一所城市近郊的大学食堂，在有限的成本下，他一再挖空心思地创造出有变化的菜肴，使一向倨傲无礼的大学生有时也忍不住向他赞美：

“菜真好吃！谢喽！”

他是这个城市中少数对自己的工作感觉到快乐的人。

但是他烦恼着食堂附近流浪而来的狗和猫实在太多了。

“流浪狗是什么意思呢？”他看到学校贴出收养或捕杀流浪狗的各种建议的招贴。他对这样的名称，其实是有些不以为然的。

“这些都是被弃养的宠物啊！”他很想说出心里的感觉。

那些寂寞或恐惧寂寞的大学生，流行购买宠物来豢养。新生入学，就有各种介绍宠物的资讯，透过招贴、信箱投递，或电脑网路，交换各种新颖的情报。

在一个人数不多的校园，各种宠物逐渐超过了学生的数量。它们和学生一同生活，吃、睡都不能分开。大部分的课程中，也开始有各种宠物陪伴着一起听课。盘踞在课桌下的猫、狗，站立在课桌边缘的鹦鹉，歪着脑袋聆听一些奇怪的声音；缠绕在笔盒上的小青蛇，常常要忍受主人不克制的爱抚。

宠物身上寄生的跳蚤、虱子，一些不可见的病毒都开始在校园中蔓延了。

校园中曾经有禁止携带宠物入学的张贴，但遭到学生们强烈的抗议。他们不能了解学校行政人员如此无情，罔顾生命尊严的荒谬举措，他们也彻底发现了岛屿教育的失败正在于对“宠爱”精神的无知与冷漠。学生们在抗争中演出了荒谬剧。他们把校长、教务长、训导长化装成三种不同的宠物，校长的胸前便挂了“宠爱我”这样的牌子，接受众多学生的爱抚、亲吻，使大伙哗笑着。

逐渐，校园中原来的宠物被弃养了。每一年寒暑假来临的时候，就增加了一大批被弃养的宠物。有了虱子的秋田狗，有了疥癣的贵宾狗，绑着肮脏的粉红丝带，在校园一角企图勾引一头已经阉割了的黄金猎犬。

“每到一批学生毕业，就留下更大一批‘宠物’。”厨师无奈地摇摇头，怀疑地想：这还叫作“宠物”吗？

被弃养的宠物彼此交媾着，在食堂附近逡巡，寻找食物。怀孕的母狗、母猫，在学生活动中心、邮局、厕所、宿舍、教室的任何一些有些隐蔽的角落，产下一批一批未睁开眼睛、四处乱爬、带着血迹的小狗小猫。

厨师还是努力着把每一天食堂的菜肴做好，做出一些变化。宠物的被弃养，自生自灭，自行交配生产，好像慢慢习以为常了。当学校决定适应时代需要，新开设了“宠物学概论”时，选修的人数使校方必须在大礼堂中上课。那个在恋爱中新近被遗弃的女生，发上绑着肮脏的一条粉红色丝带，沮丧地蹲在食堂排放油烟的通风孔，红肿着眼睛翻阅“宠物学概论”的笔记。

被弃养的宠物，自行觅食、交配、生产，食堂附近就开始发现了眼睛尚未睁开、四处乱爬、带着血迹的婴儿了。

二〇一五年五月十一日 独白

新近开设的人潮最多的饮食店叫作“宠物餐厅”。

人潮最多的时候多在周末假日。

城市豢养宠物的居民都带着宠物来这里聚会。宠物是被刻意打扮过的，有的剪着时兴的发型，穿着特殊订制的衣服鞋子，颈项上围着香奈儿字样的名牌丝巾，头上戴着珠钻的装饰，脚踏真皮小靴，甚至身上还斜背着名牌的皮包。

宠物的餐厅聚集着各式各样宠物，主人彼此交谈，交换宠物的习性，“真拿她没办法！撒娇啊，闹脾气——”一个贵妇人这样抱怨着，但很显然抱怨中有许多喜悦，像谈起那个既可恨又可爱的十三岁的女儿。

新兴的宠物餐厅的行业使岛屿看似走下坡的经济有一种复苏的迹象。一个胖胖的太太推着精致的宠物手推车，像呵护刚出生的婴儿，把遮阳的纱巾拉好。但是一进宠物餐厅她就发现她落伍了，因为几个同桌的宠物主人都毫不客气表示“你的MIU MIU太胖了——”。餐厅老板也出示她刚创办的一间“宠物健身房”，她解释说，有固定的健身教练，保证MIU MIU在两周内瘦身，可以有傲人（或傲狗）的身材。

胖太太不高兴了，她不能接受这样直白的语言霸凌，因此气冲冲假借去洗手间，就此带着她的宠物溜走了。

在餐厅附近的公园，有人看到受伤的胖太太站在受伤的宠物后面，跺着脚，向宠物命令“运动，运动，你需要运动——”。胖胖圆圆的红贵宾无辜地回头，回看她的主人，不知道为何放着婴儿车不让她坐。

那是一则夏季的神话。
岛屿上的居民发现了密林深处……

夏之挽歌

初夏使岛屿有一种肉体上的兴奋。

在花开到烂漫肆无忌惮的季节，掉落在地面上的花瓣，混合着湿热的雨水，被炎烈的日光蒸晒，发出一种熟透的香味，一种熟透开始腐烂的气味。

风沉重地垂挂在每一个慵懒不动的树梢。花叶在腐烂中释放的香味混杂着使人晕眩沉溺的毒素。

所以，岛屿的夏季，在蒸氲着湿热的密林和繁茂的草丛里，有彩色斑斓的蜥蜴，呼吸着奇香如毒的腐烂，试图使一个夏季都只是困倦、慵懒，都只是肉体官能上肆无忌惮地泛滥。仿佛溺毙在香味的毒瘾中，他渴望终止思维，他渴望从迷懵魍魅的憧憬中升超到感官浮游的领域，渴望一种如死的亢奋，拥抱着热烈的夏季，如死地睡去。

那是一则夏季的神话。

岛屿上的居民发现了密林深处，一种紫蓝色的花，是比任何一种现存的毒品更剧烈的毒素。他们络绎不绝，悄悄带着工具，潜入密林中去。

他们看到耽毒的蜥蜴，全身发着紫蓝色的光，转动着超越现实视觉的小小的瞳仁。它们拥抱着、交配着、繁衍着一代又一代更为耽毒的后裔。它们生活着，它们的生活其实只是为了撷取更多一点的毒素，使他们的肉体在剧毒的喂养中更为美丽，闪耀着魅鬼的色彩和斑纹。

蜥蜴之外，蜘蛛、蟑螂，也开始耽嗜毒素了。

当岛屿上意识到毒品如日常粮食般从密林深处迅速向小镇、城市蔓延时，嗜毒的严重性开始被保健和司法的机构重视了。

和耽嗜毒素的密林中的蜥蜴、蜘蛛、蟑螂一样，城市中的男子、女子、老人和少年，也一致地耽爱起这使他们超升浮游于非现实世界的毒品。

紫蓝色的小花被大量采集，晒干，研磨成一种粉末状的制剂，分别包装在十公克左右的小盒中，被运销到各个城镇中去。

岛屿的商品经销系统，是近代人类历史的奇迹。这个商业经销系统，曾经被传统保守的人士斥责为“不道德”的消费体制，将严重戕害岛屿的文化与精神。但是，不可否认地，岛屿在这奇特的商品经销系统中致富了。

岛屿迅速地成为世界上少数在经济不景气中繁荣而且富裕的地区。

因此，当人们看到训练有素的商品经销系统，开始以毒品为他们的经销主体时，人们都有一点矛盾，一方面他们知道岛屿将再一次获致经济利益上的暴富，再一次引起国际间侧目的经济“奇迹”。然而，同时地，人们当然开始意识到这些毒品制剂，将如何经由这无孔不入的商品经销系统，把毒素行销到岛屿和岛屿以外的任何一个地区。

夏季，日光如一种鞭挞。如果死亡中就是无可豁免的最终的宿命，那么，嗜毒与非嗜毒，也只是在无可豁免之前不同的生活方式的抉择吧。

把城市的楼宇作为密林的话，那先攀爬、蜷缩在阴影中的美丽的岛屿族群，正打开十公克包装的小盒，把紫蓝色的粉末塞入鼻孔、耳朵、肚脐和肛门，他们全身如火一般燃烧起来，他们在如死的亢奋中拥抱和交配着，喷洒着嗜毒的精液和卵子。

“如果，这是最后一个热烈的夏季……”

他们在濒死时流下满是毒素的泪水。夏季仍然沉重迟缓如一首哀伤的挽歌。

二〇一五年五月十一日 独白

今天看到蓝花楹的图片，有人说是岛屿南部一处隧道开满紫蓝色的花。但是立刻有人纠正，说这只是“类蓝花楹”，因为比对南非一带的真正蓝花楹，岛屿的蓝花实在是太稀疏不成样子了。然而我还是感谢因此知道了“蓝花楹”这个植物的名称，也因此上网寻查了各种不同品种的蓝花楹相关的资料。

在一个佛教团体举行盛大的浴佛聚会时，岛屿各“党政军”的重要“首长”都应邀出席了。不同政治背景的城市领导人和岛屿即将卸任的“总统”握手，用奇怪的表情表示这握手可能招致的不吉祥的未来，但他随即修正说：“今天有佛祖保佑。”岛屿政客长期以来习惯用这样肤浅耍嘴皮的方式取悦媒体和无知识的选民，而那在岛屿各个角落蔓延而来的蓝花毒素也一点一点沁入居民骨髓，其实是没有任何好转的机会的。

毒品是一种过瘾的“爽”，耍嘴皮的“爽”，其实没有太大差别。岛屿许久没有下雨，水库干涸，政客的口水其实救不了任何干旱的危机。历任“总统”都不做水库清理工作，因为光是耍嘴皮已经“爽”翻了，像嗜毒一样，大家都“爽”，等真正连密林中的蓝花也因缺水而不能生长，政客知道那时毒瘾发作，就会有成千上百毒蛇一样的选民涌来扑杀城市领导人，他们那时也许会看到一座土地庙上明明白白的告示“风调雨顺”、“国泰民安”。

前去背叛

伊卡，我忽然思索起热爱你的原因。仿佛一整个潮湿郁闷的雨季前的时刻，渴望一种惊天动地的雷雨狂暴的来临。

我仍然不知道你在何处流浪。偶然传回这城市的消息，说你去了东部山村的一所小学任教，在高高的大山的山腹，种植了一种叫释迦的果实，学习了当地住民古老的语言和歌曲。

叙述你行踪的人，有部分讶异、有部分向往，因此，这叙述中也夹杂着叙述者个人的梦想与心事吧，我也就不那么认真追究叙述的真实性了。

另一种传说是比较容易证实的，据说你就在离我不远的一所小镇，在一所大学的艺术馆担任助理的工作，偶尔还画画，也偶尔牵缠在情爱的舍与不舍之间，有一些落寞吧。

但我也不刻意想去证实，一个距离很近的小镇，也似乎可以是另一种隔世之感。

有人匆匆跑来告诉我，你在黑夜的高速公路上开着巨大的货运卡车，在停下来加油的时刻，见到了旧日相识的朋友，彼此都很惊讶，攀谈了一会儿，又匆匆告别了。

“不知道为什么，一卡车装运的都是钟。”叙述的人这样不可思议地摇摇头。

“这些钟都要在明天黎明以前送到南部一个新兴的城市。”你这样回答着久不相逢的朋友。

伊卡，我们在时间里漂流着，我没有能力思考时间，我只是忽然闪过那黑夜中你运送时钟的悲壮而孤寂的画面，我悚然了起来。

我还听说了另一个有趣的传闻，谈论到你新近到了岛屿东北区的平原，学习畜产的种种。叙述者没有更多的细节，我却联想起那多雨的海域平原，在辽阔空旷的平原上，你豢养着什么样的动物，你研究着那些动物的繁殖或其他的有关畜物产业的种种。

那将是一个什么样的伊卡呢？

在我逐渐老去的时刻，我坐在岛屿的河边，细数入夜以后，一盏一盏亮起来的对岸的灯火。

伊卡，你在岛屿的许多角落，像入夜一盏一盏亮起来的灯，使我觉得明亮温暖。

在每一天仍然充满了斗争的政治情势中，伊卡，有时候我渴望在亡国之前再一次热烈地爱你，如同岛屿最初最初的那一个夏日。

许多的是非、许多的阴谋、许许多多的心机和诡计，伊卡，我们学会了不只用一种宽容去看待这种种，而是学会一种清明、一种如水的平静、一种透彻，使一切是非与心机都失去了依附。

我偶尔会想起你一贯鄙视轻蔑的老师、父母、长辈，那些在岛屿上掌握着价值与评判的人们。伊卡，我当然知道，我也正在你应该鄙视与轻蔑的年龄与位置上。

那么，伊卡，前去背叛吧。

我有时忏悔着，我长久教会你的宽容、正直，将使你如何沮丧地看着岛屿未来的宿命。

宽容与正直，会不会只是我长久用来自保和自慰的一种方式呢?

伊卡，在你流浪于岛屿四处的时刻，我忽然想传达这样的讯息给你，前去背叛吧!

重重地击碎你那感觉到郁闷、捆绑、压抑的东西，彻底把自己从愚庸的学习、教条、体制里解放出来。

前去背叛吧！伊卡。

二〇一五年
五月十一日

独白

伊卡，我的确不应该再做任何补充。

前去背叛吧！砸毁岛屿上一切阻碍着你前进的障碍。

不要在青年时就衰老了。

你在你的学校学到什么？那些迂腐的教条吗？那些唯唯诺诺对生命一无热情的苟活者的庸懦吗？那些鄙俗的生命观点吗？那些粗鲁又低贱的对生命的侮辱和践踏吗？

走出去，背叛，在年轻时唱年轻的歌。

你可以让岛屿不那么卑屈，你可以让岛屿有高山的耸峻，有大海的壮阔。

前去背叛吧！伊卡！

再见，油桐花

岛屿中部的山区，油桐花一簇一簇开在高高的树梢上，整个山丘的棱线都覆满了白色的油桐花。

梅雨季节，阴晴不定，一阵暴雨打落了不少花瓣，花瓣铺落一地，被急雨冲流，夹杂着黄泥水，汇聚在低洼的水塘边。

伊卡，在岛屿上自我放逐的时日里，我想念你，想念你年轻、狂飙，充满好奇的生命，我想念你如这个季节阴晴不定的天候，那种暴雨时至的爽快、那种惊蛰的雷声，隆隆地瓦解着低气压的沉闷，那种如日光般亮烈的笑容与愤怒，敢爱而且敢恨，不屑于一切的作伪、妥协，不屑安逸于中产生活的甜腐与衰败。

伊卡，我忽然意识到，我不要在富裕、安逸、甜腻的满足中这样如宠物般地老去。

我将在不甘心的时刻自我放逐，流浪于这个我热爱的岛屿的每一个荒远寂寞的角落。

因此我们将不再见面了。你有你流浪的路，我也有我自我放逐的途径。

我深深爱你的原因，与你深深眷恋我的原因，都将是我们告别，拿起行囊，从安逸出走，在岛屿流浪的真正动机吧。

因此，我会在每一个旅途的车站思索自我放逐的真正意义，而我每一次再度的出走与离去，都是为了想念你、眷恋你，以及更靠近你的原因。

岛屿地区选出了新的领导人，并即将在许多争相求宠的人群中就职。发表稳定人心的演说，阐释生活幸福与甜美的意义，给予岛屿居民对未来的梦想与希望。

但是，伊卡，我们都将要出走了。

我们从亲人中离去，我们从深深眷恋的友谊与爱情中离去，我们从牵连不舍的师长、朋友、挚交、知己、宠物的各种关系中离去。伊卡，岛屿将开始学习孤独的意义，真正割舍一切牵连的孤独。把自己放逐在伦理之外、在社会之外、在人类的族群之外。只是一个夏日之前一簇一簇盛放的油桐花，它们生而孤独，死而孤独，它们自我存在、自我完成，自我面对生与死的时刻，它们是这一个季节岛上最灿烂的生命，它们因为彻底孤独，因此也彻底灿烂。

伊卡，电话的铃声在响，传真的讯号在闪动，电脑的网络系统从世界各地显现着沟通与传达的欲望。但是，伊卡，出走吧。再一次去认识山区洼地里汇聚在水塘里油桐花密密的尸体，再一次去聆听高树上这一个夏季第一声嘹亮的初蝉，再一次伏身向海洋，拥抱那狂烈的波涛的震动，再一次感觉着从峭壁悬崖上坠落的晕眩，撕裂皮肉的痛；再一次经历着在长达一周的山峰纵走时那腿部肌肉如钢铁般的坚硬。我们在自我放逐的路上举步维艰了，但是，伊卡，我们背叛了城市中产者的梦想与希望，我们背叛了争相邀宠的社会攀爬者甜腻俗媚的生活，我们在岛屿孤独的山峰棱线上，也许可以深深呼吸一口清新洁净的空气。

岛屿地区将有新的领导人站起，宣告着孤独的意义，宣告着如何从甜腻俗媚的生活出走。真正的幸福将是一次又一次在孤独中的自我放逐，从安逸、耽溺的生活出走：永不老去地狂渴于山的高度，海洋的深邃，永不老去地在每一次花季中灿烂地绽放自己。

伊卡，我在流浪生死的途中，你和许多我常常记忆的面容，使我知道如何出走、如何热爱岛屿，也更热爱孤独。

有一只鹰的尸体在白色的油桐花上躺着，我们以为的爱，只是生命孤独中偶尔的错身而过吧。

独白

二〇一五年
五月十二日

我在异国的树林间静坐，读经。看僧侣们在清晨从庙宇走到街市，在纷纷跪下的人群间行走，仿佛流入沙漠的一道水流，一道穿着绛红色袈裟的安静的水流。我跟他们走过，走到河边，解去衣服，在河水中沐浴。

回来整理二十年前的《岛屿独白》、二十年前的《因为孤独的缘故》，还有一册你读过的《孤独六讲》。我们就在孤独中吧，这将要集结成的《孤独三书》不会缺乏污蔑者的轻浮的嘲笑，也不会赞美拥护，但是，你知道孤独的意义。你知道孤独者望着繁华时的悲哀，你知道繁华中的喧嚣，不久要如何湮灭在自己自大的哗笑声中，看着自己的身体以及子嗣的身体一起沉入深渊。

岛屿如果还有最后的独白，孤独者，我们当然不会相信任何对话。

新出图证（鄂）字 03 号

图书在版编目（CIP）数据
岛屿独白 / 蒋勋著. -- 武汉：长江文艺出版社，2017.3
ISBN 978-7-5354-9282-1

Ⅰ.①岛… Ⅱ.①蒋… Ⅲ.①散文集 – 中国 – 当代
Ⅳ.①I267

中国版本图书馆 CIP 数据核字（2016）第278692号

著作权合同登记号：17-2016-318

本著作物经厦门墨客知识产权代理有限公司代理，
由作者蒋勋独家授权，在中国大陆出版、发行中文简体字版本。

策　　划：刘　平　　　　责任编辑：吴　双　金　夕
封面设计：吉冈雄太郎 527248679@qq.com　　责任校对：韩　雨
责任印制：张　涛

出版：長江出版傳媒 | 长江文艺出版社
地址：武汉市雄楚大街 268 号　　　邮编：430070
发行：长江文艺出版社
北京时代华语图书股份有限公司　（电话：010-83670231）
http：//www.cjlap.com
印刷：北京中科印刷有限公司

开本：880毫米 × 1230毫米　1/32　　印张：8.25
版次：2017 年3月第1版　　2017 年3月第1次印刷
字数：180千字

定价：48.00 元